INK

文學叢書

135

鏡花園

林俊穎◎著

目次

鏡花園

蠹魚的下午茶時光

鏡花園

貓戀人

起初……地是空虛混沌，淵面黑暗……上帝說要有光……。

「昨天晚上，正確說應該是今天凌晨，我夢見這廚房著火了。水龍頭又擰死了，轉得我手好瘦好痛。」

昆蟲那般的嗯了一聲，他似乎是。

背向著她，他堵在通往後陽台的門口，更年期婦女那般扁大如南瓜的臀。

鐵窗上倒掛一束束乾燥花草，被一整個月的梅雨蹂躪下來，或發霉或黑爛發臭。她提議，清理掉吧。他楞楞的一對牛眼，瞪她，怨毒的。

幾天後，貓便被吊死了。

出梅前，悶濕異常，早午晚的溫差大，背陽的那面牆壁癌發作得厲害，白漆櫻花瓣的紛紛掉落，地上汪膩著水氣。

報復他的白眼，她兩天三過其門而不入。但繞過後面巷子，抬頭看見，透過三樓高的麵包樹，以為是加菲貓之類的塡充玩偶，在十一點多了的夜暗裡與熱水爐的轟燒聲中軟盪著。

哀怨的酸水遂漲至喉頭。

管理員來按門鈴，「太太，隔壁住戶一家家來投訴，你們搞什麼邪教，吊隻死貓嚇死人啦。不馬上處理，人家要報警。」

沒能及時反駁她不是太太，只是再三道歉。他垂著頭窩在燈影裡，發著餿味。虎的起身衝往廚房。

比小拇指略細的尼龍繩拉起來，好像釣著一條大魚。

凌空左轉右轉，幾乎是硬扯的穿過鐵窗的縫隙——疼吶，她為牠叫出聲，幾團毛絮被刮掉，煙圈那般的飄向昏暗夜空。

他將牠擺置在廚房地磚上，側躺。才放平，牠身上蹦出數點不是跳蚤的什麼黑蟲子。他敏捷的跳開，隨即沿貓身輪廓噴灑除蟲劑，嗤嗤嗤的一圈又一圈。煙蓬蓬的懸浮粒子，令人咳嗆；他溫柔喚，貓咪貓咪，兩個黃胖膝蓋跪在磁磚上，冰得火辣。

貓咪貓咪，他哭給她看，兩行漣漣的洗著肉餅那般的臉。

小時候只有中秋或親戚結婚才吃得到的肉餅，印著木模圖案的表面髹一層蛋液，透著豬油香。

她心裡有著昆蟲翅膀摩擦的微響。並不能夠替他做些什麼。

貓的眼睛瞇成一線，懶睡在太陽下那般，尖銳的犬齒齜出。

他撥弄著牠的頭臉，頸椎斷了的柔軟。掀開嘴，將大拇指指腹刺進尖牙，血湧出，滴在貓的嘴邊細綿的皮毛。

有些許的暖濕氣流吹襲進屋，像一按電燈開關，他身體顫了一下通了電，開始抖。

她用微波爐熱了杯牛奶，將Stilnox的劑量加重一倍擘碎和進，氤氳的餵他喝了，牽他起來，帶上牀。他汗黏的握著她手不放，又像以前一樣了。一抹人血沾在她手背。她撫著他的手，試著安撫他入睡，心裡盤算該打電話給誰，問明白如何找人收（貓）屍。可以想見的，醒來後，遍尋不到貓的蹤影，他會抱怨，「媽的那無情無義的貓婊子，終於還是翹家了，回來看我怎麼修理牠。」

牀上方的棉紙燈罩，在沙塵暴的季節，敷了一層灰。他眼瞼下黏了一層淚水的衣膜。

原來只是一隻流浪貓，他第一次分牠半個鮪魚飯糰，在巷口；牠邊吃邊昂起彼時甚苗條的削肩、瘦臉，喵喵感謝，那叫聲清亮而柔，好聽極了。才第三天，快到固定的餵食時候，他坐立難安，雙手虎口處癢起來，他抗拒著那自找的誘惑。一星期就餵上了癮。巷底有處建築工地，預拌混凝土車路虎的呼嘯來去，他在巷口這岸的騎樓下回頭，見牠挺胸踞立在彼岸，貓眼有情還似無情的與他對看。瀝著泥水的大車輪輾過，帶起腥風。

隔日，他來餵食處等牠，白襪，海藍人字式拖鞋，日頭在他臉上，來自另一個宇宙的太陽。

牠又隔了一天才出現，遠遠的一雙眼銜著他，尾巴昂聳，每踏一步，一身鋼筋那般結實卻是好美麗的波浪。他們分食一盒鮮奶而不願就此散了。牠的瞳孔束緊一直線有如針孔，穿過去就能揭曉宇宙的大祕密啊。太陽在他腦勺頸後沿脊椎骨一直曬進去。對面人家的牆頭探出一大簇軟枝黃蟬，朵朵嫩黃大花盛開，牆裡水聲嘩啦。他們目迎目送一個又一個上完菜市場的歐巴桑。

居然是牠送他回家，到了大樓門口，止步，矜持而不失可愛的頭一歪，明天再見啦。

那段時日，他是處在一種非常容易感傷、水母那般軟弱無骨的狀態。騎樓一陣風過，是第一道南風，帶著過多的信息與太複雜難解的密碼，包括粉撲般的隱形花粉，濾過性病毒，黴菌溫牀的濕氣，以及喚醒骨髓裡小腹下緣衝動燒熱的魔力，混合成一股不可承受的重量。門口馬路邊一棵他不識得的樹花，細長條杏白花瓣盛極而衰噗噗噗的掉，旋即給車輪輾糊。他不記得是怎樣度過之後數日，情緒上的粉碎性骨折。盆栽托盤裡的苔綠游出彳亍，洋蔥抽出寸長的綠葉，換下的內衣褲牽結著乳酪般的黴絲，他聞著自己身上累積了一層層的臭，啵的一開燈燈絲燒斷了。

等到他可以下樓，一眼便看見牠在巷口，餓得瑟縮得小了一圈。他心中狂喜大叫，邋著鑼響那般。

牠讓他抱回住處，瑜伽高手的卷曲在他的肘彎裡，一進電梯，略有恐慌的舉起右前爪，他低頭嘖吻牠一聲。

是寵溺也是補償，他一天餵牠一盒貓罐頭，沙丁魚、鮪魚或加蔬菜或加起司、海鮮、雞肉、內臟、總匯，各種口味。很快的，牠老虎那般的皮毛一根根毛尖金澄澄，幾乎滴油，在一百燭光燈照裡，鎏金的貴族氣。寵物店店員好心提醒，這樣吃法當心害了牠，腎臟受不了。他大驚，馬上縮減爲兩三天餵一盒，鮪魚加起司是牠的最愛。

爲報答店員的救命之恩，推薦的玩具，他一樣樣都買，麻繩抓板，七彩魚型抓板，鈴鐺抓球，七款顏色的玩具鼠，釣竿組，羽毛、蝴蝶座。但是，牠不領情，冷冷的瞅一眼，漠然走開。

「人家可是闖盪過，見過世面的，瞧不起塑膠假貨。」他突然拉高分貝，多麼的引以爲傲。

「嗯。」她附和。

像這般狀況好的時候，他抱著牠窩在廚房一角的長方形收納箱上，笑嘻嘻的看她團團轉的做菜。其實，他的廚藝比她高明，速度也快，留學那幾年，幾個老饕室友輪流採購、掌廚，因此磨練出不錯的功夫。但他撒嬌，說兩手一碰水就好癢好癢，放心，他會從旁技術指導；而且，「屋裡有人下廚做菜，感覺才像家嘛。」

家的感覺，就這句話讓她眼眶一熱。記憶猶新，小時候鄉下大厝的竈腳，紅磚水泥大竈，從早到晚都是燒燙的，好大的鼎與煎匙，瘦小的母親，得踩在矮凳子炒菜，鼎蓋一掀，頭臉胸脯全給蒸濕。有個熱天，烏黑屋樑啪嗟掉下一團影子，母親下了矮凳，才看見地上盤著一條蛇。而雞鴨自由出入，隨意排糞，一坨坨或稀或稠的屎漿，踩過幾次的經驗更讓她覺得廚房是非常恐怖的地方。

他訓練她的第一堂烹飪課，煎魚，油在鍋裡辣辣響，「站那麼遠怎麼學？首先要讓鍋熱透，油要滾燙，魚才不會黏鍋，不然整條魚就給分屍，毀了。再靠近一點啦，不好好學，妳看這魚眼，小心半夜來找妳。」

每做一餐，就是打一場仗。即使削一條胡蘿蔔，連著菜刨都要失手滑進流理台幾次。他嘴一扁，搶過去，拉過垃圾桶，唰唰唰數下，削下的每一條皮整齊完好。

「妳簡直在虐待植物。」

「看好，色香味都要顧到，隨便切切是一盤，用心一點切割出花樣也是一盤，多大差別妳自己看。這樣，像不像MITSUBISHI的LOGO？超簡單，學起來沒？」

一次，對著那一塊厚實鮮紅而昂貴的澳洲進口牛肉，她看了再看，下不了決定應該如何著手。

「人笨凡事難。要訣我不是教過，愈簡易愈能保持原汁原味的新鮮度。還是沒學起來？」

靠在他旁邊，心跳得好大聲，上門牙咬下唇，默數兩鐘之間的秒數，記下來。

感覺得到，他訓人時散發的體溫，眼珠亮起與貓相同的光彩。

那條蛇在地上妖嬈游移，好像笑時的法令紋那般的曲線。

似乎又回到中學的數學課，一口京片子的老師，點她上台解黑板上的三角函數題目，她腦袋一桶白膠，然後腦勺吃了一顆火爆栗子，鼻頭沾上粉筆屑。

張三意欲渡河，兩岸之A、B點成一直線距離爲80公尺，相同一岸之B與C兩點的距離爲60公尺，則A與C的距離爲多少公尺？張三所搭乘的船，時速爲10公尺，則AB與AC兩段所需的時間各爲若干？

她在河心，他在岸上。

他一身運動衣褲任她催促換洗得多勤還是體味重。窩回去他的座位，一隻手老太監那般的從頭頂順撫牠的背脊，那手勁的強弱有他的節奏在，如果勁道沒有控制好，他就勢下引，圈住貓尾巴抓到底，那尾靈蛇般逸出，手空。貓給撫弄得舒服極了，眼睛吊梢，喉嚨裡咕嚕的肉顫聲，弓背一揉轉，媚聳起肩，似乎有著昂首舔吻他的衝動。

那一刻，他開心的笑開多肉多油的臉，眼瞇瞇。

在她背後，他與貓不時的四顆眼睛目標一致的盯著她。他扶著牠的頭頸，在牠耳邊低聲說，魚。牠狩獵的本性全給喚醒了，兩眼炯炯，全身緊張。

她不得不提防那樣的獵殺時刻。去！他下命令。牠拉成滿弓，竄飛半空，暴長成一隻虎，一口森森尖牙正正咬在她咽喉。

她用刀背拍碎蒜頭，腋下已經濕了一攤，一鍋羅宋湯在滾，那水泡啵啵啵一張張嘴從沸水裡跳出喊救命；突然一回頭，看仔細了他藏著的左手原來放在牠那個部位，臉轟的燒了起來。

貓在他膝上柔若無骨的仰翻，毫無保留的攤開雪白腹部，四肢人手人腳那般，而那總是令她有種說不出的模糊懼怕的尾巴，在底下一翹一翹的拍著。他頭靠牆，嘴半張，眼半閉，延宕著快感那般。

畢竟，畜生吶。她踮腳費力的拉出櫥櫃上層一個圓盤。

「洗手吃飯囉。」

客廳的長茶几就是飯桌，坐在藤編矮凳上，扮家家酒那般，貓與他們平起平坐，牠前足搭在他膝蓋，豎耳朵巡視桌上的菜，老太太那般鄭重的神情。

他被牠的舉動逗笑了。「夫人，覺得怎樣？還可以吧？」

看那部大宅第高掛著大紅燈籠的電影時，他抱著牠，舉起牠的右前爪指著她，學舌叫那倒楣的丫鬟，「雁兒。雁兒。」怪笑了幾聲。「雁兒。雁兒。」他伸長了腳來踢踢她。

「可惜了這一盤龍鬚菜。」他說。右食指點了點牠的鼻頭。

她停下筷子，看著那貓確實靈澈而神祕的眼睛。

「炒得這麼老，又鹹，連妳都吃不下囉。」

「台灣話說『貓呷鹽』，妳知道是什麼意思？」

她筷子一鬆，夾起的一團飯掉地；抽了一張衛生紙，低頭揀了又揀。

終於，她坐直了，一口氣湧上來，將那盤龍鬚菜移到自己面前，一口接一口的吃光，刮刮刮的好大聲，吃得兩眼發直，菜汁流涎在嘴角。

他飯後一根菸，要她明天順路幫忙買罐小護士。

「又用完了？這麼快。」

他聳肩，身體在沙發裡張成一個大字。

兩人不言語的時候，她看他，顛倒的望遠鏡窺尋他那般的遙遠。

以前，那貓未進家門時，他們不是這樣的。一樣的房子，一樣的燈，一樣開啓的氣窗，她提醒，那三張影碟明天到期，電費還沒繳；催他，衣褲換下來，該洗了；洗澡去吧；幫忙倒個垃圾。好脾氣的順從聽話，他。

廚房後門長驅直入的夜風到了客廳已經意興闌珊，她覺得又是挫敗的一天。

熟落的果子裂開。沒有了胎音的身孕。

常常一整下午，他逗牠玩。抵擋不了牠的纏功，就額外的罐頭挖一匙餵，精得呢，一匙既空，那脖子往後一伸，短臉一橫，爪子驚堂木那般拍他的手，喵嗚抗議。抗議無效，兩隻爪子輪流的一踏一踏按摩著他的胳臂，按上了肩膀。

兩造就在亂得好像垃圾堆的書桌上打鬧，罐裝可樂或一杯茶打翻了也不清理，紙張與書吃了水自行乾了，綹成一塊礦岩那般。書桌面窗，窗外是鄰棟大樓庭院的麵包樹，那大氣墨綠的葉子帶來涼蔭。他得以認眞的好像婦產科醫生幫牠做產檢或分娩，牠妻妾等候臨幸那般腹部大開的仰躺；或者，牠就是那剛出生的畸形紅嬰仔——貍貓換太子，他扠著牠前足的腋窩，提起，小心放下，臀部先著桌。的確是一條小小生靈，那嫵媚的短臉，那溫暖的皮毛，那又柔又韌異於常人的全身筋肉，那遙遠的恆星般的眼睛。他嘆氣，只能以專一的注視表達他的情感。牠爲他的凝視所催眠，完全放鬆、軟化。而他的手掌承受著牠的體溫與重量。是這樣歡喜的情緒帶著他起飛，飛翔的速度感讓他耳畔生風，眼前幻生一條日光大道，傍著蔚藍海岸線，另一邊是陡峭的山脈，沒有阻力的航行，彎曲處，牠甚至帶他稍一側身，打了個充滿張力的弧……。氣窗外的枝椏噗的飛落一隻麻雀，牠的鬍鬚振動了一下。

他反射動作的給牠一巴掌。牠人立起來。天光裡，人貓兩團影子，一進一退的攻守、閃躲；翻身跳下，書桌下凝住一個守勢，從洞窟裡向外刺探的獵人。

直到他發出咻咻的呼吸聲。

晚上，他伸直兩條手臂，拉開內衣領口給她看那一條條絕細的爪痕，有些滲著暗紅的血，高明工匠的鑲嵌技藝那般。按一按，痛得咧嘴笑了。

肥膘的不只是那兩條手臂，還有肩胛、兩脅、肚子。

他指甲縫卡著泥垢，烏黑的。然而，氣色顯然好了許多，顴骨與額頭油亮呢，眼睛也增加了光彩。洗澡時，吹起口哨，流麗的，是「壽喜燒」的旋律。

牆角的玩具兼道具告訴她，他們玩得好樂呢。兩頂西洋紳士的高筒禮帽，黑綢與電光紫，一朵大和解咖啡主席的蝴蝶領結，加上一根黑白條紋文明棍，貓的瑪琳黛德麗。一頂水鑽后冠，一頂塑膠花環，珍珠項鍊，披風與西洋劍。牛仔帽，童子軍領兜，綴著金鈴鐺的七彩圍巾。空姊船型帽。桃紅羽毛圍巾。巫婆帽，長兩根紅角的魔鬼頭箍。銀錐釘黑皮革與鐵鍊龐克裝，六角美國警察帽。醫生的聽診器。她蹲下去翻檢，噗咚噗咚的心跳加速，會不會有一套透明的褻衣？

牠從牆後鑽出，令她駭異的是牠一身毛被染成一撮撮的紫紅藍綠。並沒有任何情緒的自她腳旁走過。那種自信，洗浴卸妝後的女主人遇見女傭那般。

她模仿他，沙發上攤成一個大字讓肢體放鬆。裡裡外外累慘了，她知道自己從臉到胸到臀都是垂垮的，頸子搓搓可以搓出幾條泥蛇，嘴裡可以呵出沼氣，臉上罩了一層蜘蛛網。

牠則在印度棉布墊子上擺出獅身人面獸的姿勢。

看了就有氣。

牠一直盯著她，不時動了動鬍鬚。她突然悟到那是鄙夷的注視，「不然妳是要怎樣？」對著牠張開裙子裡的兩腿，張得大大的。牠扭過頭，認輸。

她抬起左腳，想學他用腳趾搔牠的下巴與胸脯。那非常色情的舉動。他腳板踏著牠的胸腹，稍稍出力，搖動了牠的身體，然後腳趾攀上牠的頸子，夾了一夾；牠喉嚨裡咕嚕一聲，瞇眼成一直線；麵包樹枯了的大葉子掉下來；牠伸出粉紅的舌，舔了舔他的腳，瞳仁裡的柔情水那般的流淌。

牠一驚，跳起逃開，肉墊無聲。跳上氣窗，身軀隱進窗外的夜，兩顆野得澄亮的眼睛高高的俯視她。

麵包樹枯了硬了的大葉子，啪的打在她頭殼，敲開囟門。

那些渴望與想念，變成了鯁在喉嚨的魚刺。

她癱在他的座位上，來完成這一整日的挫敗。

在他流麗的口哨聲中，時間過去，於她身邊形成流沙。

因此覺得眞是非常的寂寞啊。

在那些難得的透著南風的夏日夜晚，整棵麵包樹習習作響，是失傳已久的祕境語言，自己趁機練習。在城市因爲揀食容易，低低踉蹌來這裡棲息的鳥，失去了飛禽的輕盈，牠們的糞便沒有攜帶種子。

在睡夢裡，南風扮演精靈自由自在貫穿屋子；不必月光，整棵麵包樹的根鑽進土地深層，輕搔著這屋的地基。

壁上的鐘，鐘面有黑暈的黴斑。

提醒了她，人面獸心的他在牠出現之前，需要她的陪伴的那些平常而溫暖的時光。

他哭喔。南風裡有隱形的孢子，也有隱形的尖錐的花粉。他哭，虎口與手指根部因爲奇癢而抓紅抓傷。他哭訴，像失掉了槳而被吸進漩渦那般；從冰原到火山口，不見一個人影，恐慌嚙噬他的心臟。

他哭喔，爲什麼？爲什麼我會得到憂鬱症？

他緊緊握住她的手。鉗痛了，她也不敢說，將之轉化爲愉悅，因爲在那整潔、透著人工花草香的牀上，他與她之間有著一大片空白，吹起了涼風。他是冰，她是火。她是守護者，是舉火把的照明者，是留下指紋與手汗的門把，是他鞋子裡的一顆碎石子。

那時候，牠還沒有出現，還是隻吃垃圾的流浪貓。

她勤於換洗牀單被套枕頭套，以維護那牀的神聖。在他發病的晚上，她忠貞的老僕那般的陪他睡臥，牽著手，成爲虹吸管，接收他的鬱悶氣流；待他睡著，她自己回去，嘔吐在那老舊、有皸裂黑紋的馬桶裡。

浴室門開，她應聲併攏兩腿，坐正。

漫長的等待裡，夜晚精靈般的南風不來，她垂下沉重的頭，從脖子的皺摺開始身體的風化，窸窸窣窣灑下粉屑。

那乾枯的無止盡的等待。直到頸子斷裂，她的頭滾落。

「回去了。」她說，從時間的流沙裡掙扎脫身。踢踢地上自己的頭。

「喔。」他在岸上，她在河心。

他抱起貓，送她到門口，舉起牠的右前爪，「跟姨婆說拜拜。」

牠靈巧的舌舔了一圈自己的嘴，似乎向她吐舌做了個我贏了的鬼臉，然後轉頭趴在他胸前。

門口上方一盞燈，燈罩沒了，座子鬆脫，一葩微黃燈泡險險的吊著。

她拿起牆角的傘，舉高，用傘柄啪的準確的一下敲碎那燈。

碎裂的燈殼，煙花那般的跌在她的頭臉她的肩，燙。

那瞬間的昏暗，貓的眼瞳，琉璃那般的碧熒熒。

織女華爾滋

這一段日子，她一再的想起蚌殼精的故事。

一個羅漢腳農夫，田裡拾得一粒大蚌，扛回家，放進竈腳的水缸裡。從此，他做田返家，桌上便有燒騰騰的飯菜。他躲在屋外偷窺，水缸裡出來一位女子，爲他做飯。農夫搬來一顆大石頭，壓住水缸蓋，蚌殼精便嫁給了農夫。

丈夫離開時，最後一趟搬行李，她幫忙清了兩塑膠袋衣服，相送到門口，匡啷拉上鐵柵門，他橫著這兩年來發展得更扁大的屁股不回頭、不道謝、不道別的下樓梯，鈍重的腳步。

暗罵自己沒出息，但抵擋不了好奇心，隱在窗簾後偷看，三樓往下俯瞰，丈夫有如一隻袋鼠，蹦向路邊一輛嶄新發亮的TOYOTA，轉身進前座，臉上喜樂得好春風。車子還不開走，她不覺伸長脖子探出頭。天光雲塊翳在駕駛前的玻璃上，一分鐘後，她才發覺丈夫與女人也在窺視她，若水底的兩尾海豚。

她看過女人兩次，平實得像軍公教，聽說沒結過婚，五官身裁保養得還可以，只是有歲了難免有些枯乾；保鮮膜封存完好，但過期太久了不能算生鮮了。兩個兒子跟丈夫與女人去餐廳吃過飯，從小精於盤算的小兒子跟她進言：「妳就放牛吃草啦，這樣對妳最有利。拜託，不要跟人家趕流行搞離婚，我先聲明，哪一邊我都不挺。」

她轉換話題，問去吃了什麼？

「她不是美食王也是資訊王，眞的不是普通的厲害，台北市吃透透。問我相不相信紫微斗數，她是食神坐命，就是有吃福。榮泰最馬屁了，馬上說他同學在做美食節目的助理製作，找她去上電視要不要？」

大兒子辯護：「哎喲，哈啦應酬總是要的。」

她低聲罵，飼老鼠咬布袋。小兒子耳朵利，「爸就說妳會這樣罵。」大兒子反唇相譏，「報馬仔你第一名。」兄弟互使了一個鄙夷眼色。

蚌殼精來自她此生除了課本唯一看過的閑書，七百字民間故事，是同桌的小學同學何美美借她的。每天早上總是散發一股牛奶味的何美美，最愛的是另一則，漁夫網到了海龍王女兒並娶之爲妻，貪心的漁夫一再要她返龍宮拿珍寶，最後一次龍女才生產，神力大減，入水後海水泛紅，再沒有上岸，漁夫在沙灘痛哭。她問是不是淹死了？何美美兩條辮子一甩，生氣的罵，妳才笨死了。

那幾年發生太多事。譬如，一夜之間，舉家搬上台北，傢俱托貨運，走省道，一整夜與星光橫渡台灣西半部。之後，祖父的親弟弟，四叔公全家也上來，兩家人擠一層樓，一半的人打地鋪睡覺，青蒼路燈照進來，嬸婆上便所絆了一跤，說若像逃難；祖父與叔公都打鼾，兩隻豬公打擂台。稍後，姑婆的一個親戚，丈夫犯票據法去坐監，帶了兒子也來投靠，小男生才要上小學，大眼睛亮晶晶，會打猴拳。晚上一屋人排隊洗澡，燒熱水的圓杜火爐轟轟的燒。隔壁樓露台的軟枝黃蟬凌空探頭過來。學習做都市人眞是困難，樓下人家屢次來敲門抱怨，你們講話太大聲，拜託走路輕點，垃圾不能放這裡，曬衣服要擰乾，滴滴答答吵得不能睡覺。頭髮吹整得高聳光滑的婦人，露兩條雪白膀子，看到他們小孩，鼻孔一哼，白眼一翻。出入由樓房後的樓梯，防火巷裡銀樓的兩個年輕男子在水龍頭下洗一條條黃澄澄金鍊子。

巷子裡一扇扇紅漆綠漆木門。城市的每一天，洗石子圍牆與水泥地有光有影，屋瓦有潮濕的苔蘚，有草蓆、榻榻米的草香，晾曬起才洗淨的衣服有水亮的滴答聲，油黑的廚房窗眼裡蒸起炒菜的油煙。

巷子裡有一戶是團契的聚會場所，屋主是很和善的光頭老先生，白襯衫西裝褲的立在門口跟人打招呼，可惜外省口音重得聽不懂。每星期有一晚，綠色木門大開，一個個整潔安靜的人走進去，風琴彈出莊嚴的樂音。

巷子底也是每星期有一晚，口風琴社團的演奏練習，快樂昂揚的嗚嗡，一樓高的屋瓦上是剔透的藍色夜空，浮雕著晚雲。

巷口一家店面分成雜貨店與集郵社，操著純正國語的小女兒非常討厭的勢利眼，第一次碰面就嗆聲，「不准在我家門口玩。」然而空玻璃瓶押金一隻五角，他們小孩從早到晚在巷弄裡地毯式搜索，給祖父痛罵沒出息，揚起戴金戒指的大手要打人。換了幾次錢，小賤人改口說，「以後我們可以一起玩。」

隔壁是理容院，裡面的理髮小姐坐一排吱吱喳喳，腳尖翹起。再隔壁是書局，低窄而五臟俱全的也賣文具、體育用品、童軍繩，分類歸檔得井井有條，當期雜誌新書一排在簷下傾斜的垂釣著。

遮陽的帆布篷下，街的這一邊，汽油味鋼亮的車行，店面累累堆著塑膠桶鉛桶、竹竿、掃帚的五金雜貨店，電視機開響著的照相館，涼靜藥味的診所，飄著藍布簾子的神祕當鋪；街的那一邊是違建，麵包店，刻印配鎖，中藥行，服裝店，租書店，小吃店，日頭討債惡漢的橫霸著。更有一間棉被店，老闆抬著童話裡的一把巨弓彈棉絮翻鬆，咚咚咚，咚咚咚，沉沉的厚重音色催人瞌睡。

最主要的是菜市場，那像永遠天晴而富麗的珊瑚礁海域，色彩聲音氣味，一群群的熱帶魚族在暢遊、競賽。市場口一個補絲襪修鐘錶的小台子，一個矮小柔順的男子將絲襪綳在圓筒口，一手梭曳一條蛛絲線。

市場屋篷間露出一條窄溝的天，大片大片的雲塊。

祖母的一個侄子來訪，○○七手提箱裡金光閃閃都是勞螺勞力士錶，西裝頭的髮蠟幾乎要滴油，抖著腿笑嘻嘻說，每天觀光飯店走一趟，起碼賣個十幾二十粒，阿凸仔日本人最愛了，戴出去眾人看都認爲是眞的。他請小孩吃小美冰淇淋，一人一盒。他們坐在樓梯間，一對對眼睛瞪著那手提箱像聚寶盆。

來訪的親戚五雜眞多，在三重埔開工廠的，在交通大隊當警察的，在電信局吃頭路的，在師專念書的，被丈夫毒打而逃跑的美智子，在後車頭與博愛路的布莊做店員的，押貨上台北順便來拜訪的。

旱熱的正午，木頭窗櫺曬得發燙。

祖父在菜市場邊租了店面賣小吃，馬路邊仰望那扇玻璃窗，激烈的光熔熔的沸滾著。

祖父買了一台保險櫃形狀的電扇，從背後灌水，風扇轉動時噴出水霧。午後，她在街沿的桌子上幫阿姨寫信給坐監的丈夫，垂著眼皮口述，想好久講一句，柏油路上灑過水，熱氣一蒸，阿姨手上滴了兩滴淚。

午睡中的巷道，菜市場裡鐵籠子裡忽然有雞啼。

板橋有個水上樂園開張，她一覺醒來，叔公一家搬走了，遊樂園門口開飯館。房子突然靜了，磨石子地有早上清亮的日光，街上棉被店在翻被胎，一把大弓弦咚咚咚的彈。她記得有一個假日，叔公帶隊去北投洗溫泉，傍晚進門，嬸婆撲上她大女兒，一手伸進外套的暗袋挖，厲聲問：「我藏在這的一萬塊咧？」大女兒臉色刷的一白，「這領外套今年第一次拿出穿，誰知妳藏錢在裡面。」叔公一拍膝蓋，「穩是半路落出去，給人撿去了。我看妳是藏著去做散財童子。」晚上，嬸婆點了三炷烏沉香，瞪大眼睛逐個叫去舉香對天發誓，無偷拿那一萬塊。

艋舺換車去水上樂園，車尾噗出黑煙。沿著樂園圍牆走，遇見散步的雞鴨，找到一棵大樹爬進園裡，進去那歡樂的海潮裡。廣播宣布，人造海浪開始了，泳池水掀了起來。

然後，正午從樂園那來了通電話，叔公一早心臟病發猝死。祖父接電話時，一手捧著一盤冷凍豆腐撒柴魚。

天氣熱，運回家鄉的半路上，叔公的手指甲腳趾甲就烏黑了。

那年夏天非常熱，柏油路都曬軟了，一腳踩上，黏住拖鞋。

年底，祖父決定放棄台北，返鄉。

十五歲，父親要祖母問她，妳這樣跟孔子公無緣，姨婆後生在開紡織工廠，去學繡補好麼？一年後，姨婆稱讚她手巧目睛金，出師了，以熟工論件計酬，與阿月、美鳳逐月輪流搶工資第一名。工廠包食宿，生意眞旺，天天加班，趕訂單時分三班做得無暝無日，根本不知道苦，只知道領錢時眞是快樂。一半薪水寄回家。星期日與阿月去看了一部秦漢林青霞的文藝片，就去買了一條褲腳覆蓋鞋子的喇叭褲。

後來成了她丈夫的春雄，在廠裡什麼都做，初初看，不順眼，從未聽他出過聲，吃飯時眼眉低低的揀一筷子菜划三口飯，很快的靜靜的結結實實囫了三碗，離桌。

阿月給他取外號，金嘴。她卻注意到了他短拙的手指。如果有幻想，總是二秦二林那樣修長。

他跟貨車司機在大門口吃檳榔，金嘴呸的一口紅汁，正正吐在她的褲腳。兩人一楞。

從此，星期日春雄騎摩托車載她出遊。去了水上樂園，天涼了的淡季，忽然看到那一次在叔公客滿的店裡，她被一碗滾熱的湯燙了手，嬸婆飛快倒一碗米酒浸泡她的手。她帶春雄找到那棵大樹，曠風吹著廣大的遊樂園。

去博愛路布莊找蜜姑，蜜姑大她一輪，左眼脫窗斜視，非常有志氣，工作十年了，教她跟會存錢，教她看金價、比較銀行利率。一塊長方木板纏一種花色的布料，攤開時，厚厚一長塊在櫃檯上啵啵翻滾，量得八尺、九尺，剪刀燕子掠空的俐落裁開。長年站著，蜜姑肉色絲襪裡的小腿浮腫著青紫靜脈血管。

姨婆通風報信，祖父祖母就特地上來一趟。祖母盯著她胸部，確定沒有異樣，口氣才緩和。

下一個假日，春雄載她回家，騎了將近三小時的機車，滿嘴沙塵。山裡的夜來得快，低矮山頭上的太陽光像一張毯子一收就暗了，夜氣冰涼帶刺。圍著大圓桌吃飯，略黃的燈下，臉頸子手腳曬得黑黑的一家人沒有什麼言語，喝湯的聲音很亮。祖母很老很老，露在黑衣大褂外的頭梳髻像一粒吮乾的果核，由他母親餵米湯。屋角一個竹籠罩著一窩鴨雛，吊小一葩電火暖著，屋後燒熱水的爐子轟轟響。闖入一隻肥胖夜蛾撞著電火球，影子扇著祖母的臉，讓她有了似笑非笑的表情。飯後春雄拿著手電筒帶她去散步，兩個夜遊神，緩緩起伏的山的稜線更清楚了。他說，這路正好是風口，颱風天他二哥那麼魁險些被吹上天，幸好抱住了電線杆。望下去，乾枯河牀上的石塊，蒼莽夜暗下發著白光，像恐龍蛋。他教她靜心聽遠處火車聲。巨大沉靜的神祕，電流那般的傳導上身。

姨婆說要分喜氣，婚假後，幫她與春雄在工廠請了三桌。春雄打了個酒嗝說，這下更不好意思開嘴，有朋友介紹去另一間，待遇都講好了。

他左肩膀一大塊暗紅色胎記，像下胡蠅屎那般灑了幾點，到了腋下又有一塊，地圖上兩塊隔海相連的大陸那般，那晚她第一次看到，微微一驚。

大兒子度晬沒多久，祖父過世，土葬在小鎮外的公墓，一支伸縮喇叭荒荒的吹響，不遠處幾棵大樹的影子斜倒落在墓碑上，涼風吹亂影子，癢癢的令她想起丈夫的那片胎記。

春雄離開前，小兒子去了澳洲讀大學，大兒子長住女朋友家簡直就是入贅。小兒子拿了一疊豆芽文文件，笑嘻嘻問她學費是要無息借用呢還是要贊助？在機場，她第一次見到他女朋友，原來兩人同行；頭髮削得極短，臉巴掌大，冷冰冰不理人。

該去的去，該來的來。丈夫坐了車子被接走，陳桑與他的車定時定點停在隔壁巷子學校圍牆邊的阿勃勒樹下。

屋子空了，很靜。上午的太陽曬進客廳，隔壁厝邊罵小孩啼哭聽得一清二楚；下午的太陽曬到廚房流理台，洗好的碗筷放在那裡晾乾。

大兒子留在影碟機裡的一部日本卡通，無意中看了，一個橡皮人海賊，有魔力可以拉長四肢。在太陽移動的兩個時間點之間，她伸長手腳，想到她已經荒廢很久的繡補功夫，突然覺得可惜。

該去的去，該來的來。很久以前又一次她與丈夫抱小孩回家，祖母坐門前藤椅曬太陽，曬得老眼睜不開。她將包得像肉粽的嬰孩送到祖母面前，她咿唔唸了些什麼，噴出粥發酵的味道。嬰孩哭了起來，她張開眼眶爛濕的眼睛，黑衣裡想必乾縮的身軀動了動摩擦出蜻蜓翅膀那般酥而脆的聲音。

小兒子不定時打國際電話回來，問她要不要綿羊油、蜂膠還是羊乳片？他那裡天天大太陽，又問她，整天都在做什麼？

廚房對面的那一戶換了屋主裝了抽水馬達，喀噠喀噠的引擎噪音牙神經抽痛那般的惱人，但主婦的廚藝好，燉炒的香味就像卡通橡皮人的手伸來。

該去的去，該來的來。陳桑的車停在阿勃勒樹下，將椅背放倒，小眠一下。他說，若有閒，歡迎來我家泡茶開講，我來載妳。

炸紅蔥頭的焦香，還聽到油鍋的嘰嘰嚕嚕。她日光充足的廚房，卻是靜悄悄。日光，一大塊奶油的融化。

該去的已經走光了，該來的還在路上。

她又想起當初全家遷移北上，祖父父親失敗了的發達夢，常常，她看著那條直通通的大街，一天要結束的開端，大街盡頭的太陽熔成了金、橙、紅，生出嗆人的灰燼。

現在，她一人在屋子裡，蚌殼精與她的空殼。

戀人

當白領螞蟻的日子，其實，無所謂厭惡。

面對厭惡，那就偏過臉去，就像地球自轉那般。就是這麼簡單。

如同上次，正午的八線道的十字路口，遇見傑洛米，在另一岸；已經發出酒味的熟男了，還留長髮綁馬尾，假扮藝術家。

傑洛米。那麼好的名字，陶瓶裡插了玫瑰花那般，卻將舌尖濕熱的捅入她的耳朵。

無所謂的偏過臉去。不是逃避，不是懦弱。

而是，這是我僅有的武器。

老好人詹姆斯才走，傑洛米召見她，「我希望妳不是個大嘴巴。」在那冷血的蛇眼注視下，她嚥了口口水，「這樣，妳才做得久。」

傑洛米沒說出口的是，像妳這樣的白領工蟻，街頭隨便一抓好幾打。

傑洛米訓練她做一顆衛星，忠貞的。每天早上八點半進辦公室，到自己座位，打開空調總開關與電腦印表機影印機，收電郵收傳眞；將六份報紙的大標題看一遍，連同這一天的 schedule 確認後放他桌上，放一對紅藍色簽字筆在旁；拉起百葉窗，讓日光曬進來，幫植物澆水，檢查流水滾球的招財陶盆，然後放下百葉窗，調整好角度，去茶水間煮一天的第一壺咖啡。

咖啡香味讓她平衡，信服這是美好一天的開始。隨著黑褐汁液濾滴，老S、芝芝、艾茉莉都來了，德叔殿後慌慌張張跑進來。

新鮮的第一壺熱咖啡，好香，九點十分前喝光，照例，第一杯是傑洛米的特權。

老S、芝芝、艾茉莉看了都哼一聲，芝芝說根據她妹妹空姊的傳說，賭爛整奧客的絕招，上咖啡前在杯底啐一小口痰或灑兩滴尿，「滴滴香純，意猶未盡。」老S笑了：「最毒婦人心，我們要小心了，她哪天在杯底塗氰化鉀。」

老S，顧名思義，公司元老，小學全家移民美國，大學畢業回流，初初見面假洋人那般的用鼻頭看人，上一個咖啡機瀕臨報廢，氣喘般的噫出怪聲，「哎喲，鄧麗君呀。」

隨即捐出她尾牙摸彩得到的德國名牌全新咖啡機。

艾茉莉從住處騎機車上班，單程四十分鐘，進來第一件事是洗臉，因此用盡了屈臣氏的每一種洗面乳。德叔直腸病變，開刀後遺症，一放下公事包先蹲廁所，噗、噗、噗的三段式排氣。為了維持上班族的教養，她們默默的回座位，這才是一天的開始。

「工作效率如何，看他上廁所、上茶水間的次數多寡就知道。老一輩日本人講的，領薪水的『泥棒』，賊。」傑洛米說。

她的剪報檔案夾裡，有傑洛米的採訪，他說，「這一行的殘酷是九十九分的天份加上一百分的努力才能成功，但只有一分的天份，即使努力了兩百、三百分，也沒有用。這一行的殘酷是百分之一的菁英養其他百分九十九的庸材。」

那麼，他的教養又是怎樣呢？脫了鞋，兩腳擱在桌上，溫柔摩擦著，或者搖擺，偶爾拍打，兩條交尾的蛇那般。摩擦的時間那麼久，慢慢的，慢慢的，質料很好不起毛球的襪子發出低微的喁語，貼在耳朵傳祕。她不知不覺的漲紅了臉。傑洛米突然走到她桌前，「冷氣不夠強？」

那低微的喁語，讓她想起北上分租人家的第一個住處，一大片眷區的平房，四周臨大馬路，巷子又窄又潮濕，水溝長著厚厚的苔蘚與開黃花的苦菜，一個集廚餘的塑膠桶溢著餿味，計程車運將常趁黑在巷口小便解急。

睡前或早晨醒來，窗口的大樹有聲，吃了一夜的露水，那濕涼的喁語低頻的從腳底嚅上大腿根部。如果露水太重，一滴一個噠聲，敲在頭頂那般，全身遂爲寒意所浸染。早出晚歸都由後門，與房東一家得以不聞不問，只有半夜老先生下牀，咳痰如廁好大聲。

屋後荒地墳起一座土丘，旁邊僅有一棵菩提，成了舊傢俱與木料的回收場，晴天曬棉被棉襖；颱風季前清出一塊空地燒眷區四圍疏刈的枝葉，一連燒了幾日，植物的靈魂的清香沸沸的爬進屋裡牀下，讓她因此睡得特別踏實。天冷了，有人搭起一座箱廚，做燻雞燻鴨。風箱一吹，碎渣渣的火星飛滿天，像極了金紅翅緣的黑蝴蝶那般。

土丘之上那時候是完全沒有建築物遮蔽的天空，也沒有什麼光害。

後來，整片眷區被鏟除，闢成公園。她在無事可做無處可去的假日回去，沿外圍的步道繞了兩圈，確定那一排三棵樹就是以前的住處。地上插的木牌說明是阿勃勒，原籍印度。垂著長長的稻穗般的黃花串，也垂著黑褐色的長條莢果。她將手帕摺成繃帶包著手腕止汗。寸長的草地潤潤的，浮著一層霧翳。她不能確定坐處是她昔日的房間呢？還是餿水桶？巷子的水溝，只要雨勢稍大，就漉漉的響，湧起水泡。挪挪屁股，好像又對著那扇窗。那個深夜，猛然被一幫疾跑聲驚醒，「操！不見了！」等到那幫人走遠，她在暗中坐起，因爲聽見窗下有咻咻的喘息。她相信聞到了血味，惻隱之心讓她開了窗朝那喘息聲丟了一瓶小護士。啪的接住了。她瞪著那黑裡閃著晶光的眼瞳，心臟噗噗跳。

幾天後，下班回去，一進屋，直覺有異。傍晚下過雨，潮得皮膚發癢，鼻塞。然而空氣中入侵過另一個陌生的味道，與形體，坐過她的椅子，翻過她的雜誌與記事本，照過她的鏡子，拿過她的杯子，開過她的抽屜與塑膠衣櫥，檢查過垃圾桶、牀下兩雙鞋，甚至在她的牀上躺過——摸過勾在牀尾欄杆的衣架上的內褲？窗台上有個沒有擦拭乾淨的球鞋印。突然好羞恥自己在物質上的一窮二白，不能給他驚嘆、看得更多。

他？

脫下衣服鞋襪，覺得身體的僵脆與澀。

才六點多，雨後到處折射著梅黃、酒紅、橘金，而濕氣助長讓人覺得時空都是水泡，最終形成一個巨大的肥皂泡泡。

樹上的積水到了半夜還未瀝乾。在不斷醒來的睡眠中，想到那在黑裡閃著晶光的眼瞳。

出門上班前，特意將窗子推開兩指幅。

然而球鞋印的主人再沒進來過。

終於，在一個濕氣氾濫、紅磚牆爬著蜈蚣的夜裡，將臉埋在枕頭裡。

守候的時間裡，成了陪葬的人俑那般。而母貓發春淒厲近乎癲狂的尖叫，一聲凌遲過一聲，與那些金紅翅緣的黑蝴蝶，還有路樹細碎的葉尖，一起咬嚙著土丘上的天空；而她在無眠中暈眩，傾斜。

公園的另一端，三面樹木圍繞的一大片水泥地，將近二十對的歐巴桑歐吉桑，或者就是兩個歐巴桑在跳交際舞，三貼，各出一手伸直併合，踏麻花步向前，弓步，下沉，女方轉圈進來男方胸前，轉回去，揚手，踢腿。光天化日，一群四肢關節鬆脫的傀儡那般的扭動肢體。

「酒醉的探戈，酒醉的探戈，告訴他，不要忘記我。啊，酒醉的探戈。」好軟好甜的歌聲。

再轉身，面對面，這個歐吉桑鮪魚肚逼得他的舞伴翹起臀部，裂開唇膏溢出唇瓣太多的大嘴。

另一對，女的繞著腰際掛著手機、一大串鑰匙的男伴走一圈，再自轉一圈，短裙荷葉張開，腰部以下是一顆筋脈凸顯的南瓜。

好像家鄉壞年冬，一整竹架下不良變形的菜瓜苦瓜瓠仔那般，當那一刻，所有的舞隊劃一的跺腳，右手拈起裙子一角，兩條腿朝她一扭一擺的舞近，她有那樣的錯覺。

唯一落單獨舞的中年婦女，一身晃亮金蔥的黑衣，胸部鼓鼓的，硬硬的，頭髮全部向上集攏，戴了頂選美皇后的后冠，起乩那般的搖晃、轉圈。

假皇后向她這方向招手。招第三次時，她才了解是向她的。

那些樹上的眾多的葉子，有著明顯或是銳利的葉尖，給城市氣流擾得淅淅沙沙的響。

幾秒鐘後，她才聽出那咯咯的便是自己的笑聲。

黃綠交雜可愛的阿勃勒，也被風吹得索索細細，晴天，就從枝葉隙縫大雨那般的落下。

晴朗的天光與色溫，淋在身上，乙炔焊接的火花星沫那般，簡直就是坐在瀑布下被痛快淋著。

她將手腕的巾帕勒緊打了個結，葉叢若有所敬畏的往左右倒，讓出天色很清，她抬頭瞇眼，一片鮮嫩的葉子掉下來，跳水那般的連續幾個翻滾，然後，聽音辨位的盲人那般，她伸手一抓，抓住了。掌心麻癢。笑張了嘴，牙縫有唾液泡沫。好像，好像天際排成環狀的一支支黃金喇叭的答答的吹響了，匯成一股樂音的巨浪，震得發聾。

起初上帝創造天地。地是空虛混沌，淵面黑暗。上帝的靈運行在水面上。上帝說要有光，就有了光。上帝看光是好的，就把光暗分開了。上帝稱光爲晝，稱暗爲夜。有晚上，有早晨，這是頭一日。

張開手，她看見淡淡血色的汁液在掌心。

上帝說要有光。上帝看光是好的。

傑洛米將他辦公室的門關上，就是她的午休時間開始。一夥領薪水的賊搭電梯出了大樓，外面三十五度以上的高溫，魚被扔進油鍋裡炸那般。賊們的相聚時光，多麼的快樂輕鬆，溜溜倒出一袋玻璃珠那般。吃商業午餐，嗤嗤響的鐵板有義大利麵、牛排、青花菜、雕成波浪狀的胡蘿蔔，躺一粒生蛋。整餐廳嗡嗡嗡，牛糞上的金蠅；水杯冒著冷汗。芝芝與艾茉莉又輪流八卦老德的糗事。

從她的位置透過落地窗望去，日頭雪亮的巷子，乾乾淨淨，巷口一座電話亭，電話機上永遠放一疊袖珍型善書，東西方的都有。左轉回公司。每個工作日，這條路線她起碼走四趟，到退休累積的路程或許可以環島一周。老S、芝芝、艾茉莉跟她閒嗑牙的話也恐怕可以塡滿台灣海峽。走斷腿說破嘴，還是一隻工蟻。

老S說下半年的電信大戰就要開打，是場硬碰硬的組織戰，輸人不輸陣，傑洛米緊張得決定外聘空降部隊助陣，包括某某大卡。「你們，皮繃緊點。」贏了是幾千萬的業績進帳，輸了就得滾蛋。

傑洛米沒料到的是他會在這場代理權爭奪戰潰敗，不得不走。走前幫他收拾一辦公室的私人物件，到了整層樓只剩她一人，她看著玻璃窗，那個痾大便的夢一下子浮上。傑洛米的身影突然浮現，她回頭，他臉醺紅，酒味襲來。

老S樂了幾天也罵了幾天，「一個專業經理人那麼刻薄，有功勞獨攬，有錯全往別人身上推。沒看過那麼自戀自私的，超噁、超噁。」

空調出口送著微腐的風，他眼白都是血絲。她不過多看一眼，他便欺壓上，將一口氣呵到她臉上，酒臭夾著很旺的肝火，襯衫鈕扣鬆開到第三顆，露出幾根胸毛。

她沒有反抗，沒想到。就像偶爾拿起善書看看封面，撣掉灰塵，放回去，就覺得盡了心意。傑洛米兩手從她大腿後壁摸索上來，讓她發出枯枝敗葉的窸窣，他的胸膛抵著她微凸的胸酸酸的。

很快的，他舌頭收回，放開她，猛覺對不起他自己，低臉轉身就走。剩她一截潮腐的木柴給燒出煙霧那般。他甚至沒有勃起。沒有。

她將他的所有物件打包裝箱，封上免刀膠帶，整間辦公室還原到最初，傑洛米等於從來沒來過。暗夜的辦公室玻璃窗，一潭死水，她於那發臭的幽黑中裸露在衣裙外的臉與手腳，有著痂斑與摺痕的白色花瓣那般。

她去廁所洗了臉與耳朵，用了艾茉莉的洗面乳，水淋淋的臉在鏡子裡扭曲。出了大樓，才開始覺得穢褻。

這城常見的另一種樹，白千層，冒出毛刷那般的花，夜暗裡翻湧白浪，半空中形成巨大窟窿，糖漿的流轉，似乎在向她召喚。

她想著返家鄉一趟吧，好久沒回去了。圳溝旁大路的太陽曬得人發燒，溝水就像一條白帶魚那般。

阿公那一年常在週末上北，近午在火車站打電話，叫她一起吃日本料理，陪他喝生啤酒，然後去大稻埕，講是拜訪一個結拜的。聞到他身上灑的明星花露水。偶爾是晚飯時間才來她住處，看得出在外走一天的疲累，她讓阿公稍睡一程再搭夜車回鄉。阿公也是做了一輩子的工蟻，四十幾歲在他阿舅工廠給機器軋斷正手的五根指頭，剩下一團肉球。些許鼾聲中，歇在牀沿的肉球蠕動，似乎在眠夢那失去的手指。行路時，他習慣左手捧著殘餘的右手。

阿嬤總是抿嘴笑講，「妳阿公畫虎卵大仙，可惜沒去做演講師。」

待阿公醒起，她端來臉盆毛巾給他拭面，幫他撫平那幾根太長亂翹的眉毛。八十歲了，還很硬朗，腳手還很伶俐。

那麼頻繁的上北，他喝一嘴啤酒說一點，少年時第一次上台北是昭和十年，和伯璣兄來看博覽會，足足住一禮拜，一出火車站，都是日本國旗，眞正是來到京城的感覺；四界光燁燁，每一日若過年，未曾看過那麼多電火，京町榮町本町的樓厝亭腳妝得若戲台，晚時的淡水河放煙火，照得若閃電。整個台北城就是博覽會，未曾看過那麼多人，自日本、自唐山來，自南洋來，深山林內的番仔也來。之前不知外面世界竟然那麼大那麼進步，機械那麼神奇。伯璣兄人面闊，日文冊讀得飽飽，帶著我也去了基隆港草山北投；熟識一個是某某人後生，祖產田地幾百甲，欣羨的人形容是雀鳥飛不過；又一個講是板橋林本源後代，「伯璣兄欺我未曾見過世面，跟我講笑，林家大厝土下三更半暝有金鬼銀鬼嘰嘰叫。」

秋天的好日，充滿著大時代就要起飛的氣氛。在新公園，遇見一個是伯璣兄去日本的蓬萊丸大船上相識的，很紳士，身邊一位穿水兵服百褶裙的溫柔少女，目睛大大蕊。一介紹才知兩人是兄妹。

「Shi-tsu-ko?——Shi-tsu-ka-chan!」她馬上聯想到卡通小叮噹那個圓臉圓眼睛穿短裙的可愛小女生宜靜。

「是啦，後來兩人戀愛時，伯璣兄私底下叫伊 Shi-tsu-ka-chan。靜子算是『合いの子』，老母是日本婆仔。」

靜子後來是嫁給伯璣兄。

之後，四五十年沒見過面囉。

舊年，伯璣兄死，在大街才又見著靜子。今年初，靜子打電話求救，伊的孤查某兒富美子被尪婿打得全身是傷，手骨斷一隻，面腫得若豬頭。之前不知被打過幾次，瞞著不敢講。伊和伯璣兄唯一生這個，兩人一直不生，到伊偎三十八歲才著胎，疼惜得若寶，偏偏嫁著一個雷公點心。

「我思來想去，伯璣兄的朋友恐怕剩你一個，這種家醜也只好來拜託你，こんなにごめいわくをかけてはんどうにすまらないな。」這樣麻煩你眞是抱歉啊。靜子在電話那頭低泣。「我這個兒婿平常時非常鱉式，斯文嘎，呷飯不出聲，常和富美子祕在房間

內呷細饈。哪知抓狂起就轉性變一個人。我是想要跟你參詳，應該如何處理較好。伯璣兄是非常愛惜面子的呀。」

Shi-tsu-ka-chan。阿公在睡夢裡，呼吸得很沉很慢，一片平坦堅硬的黃土那般的臉，數根剛硬鼻毛伸出，嘴偶爾努動了下。

在新公園，他陪靜子擠進海女館，玻璃窗裡海女表演採珍珠，伊掩著嘴笑；然後踅去兒童館，那飛行塔、離心吊椅，看得出伊想去坐。那晚去新莊，靜子父母請呷晚頓，呷得有夠歡喜。有印象靜子老父是醫生，客廳一台電唱機很大台，第一次聽得梵哦鈴。靜子大兄講起上個月爲著博覽會舉辦的廣告車遊行，還有，坐飛機空中遊覽台北，在天頂看北台灣，莫怪古冊形容是蓬萊仙島。

阿公小便的聲音好響，一長注漉漉喇喇落進馬桶，一邊講，「靜子那個兒婿我看腦筋有問題，人打打，才來懺悔，跪啊哭啊，若在演戲。富美子又軟心。孽緣啦。我講，你男子漢答應的話斤兩足足要準算，不得再有後一次。」

「ゆめみたようにわかいごろにもどつてきた。」好像作了個夢，和伯璣兄、靜子回到少年時。

「可能是今日和靜子講一下晡的關係……。」

認眞算，事隔一甲子囉。

阿公尿完躺回牀上，愈講愈小聲，喃喃自語那般。眼睛有著淡灰的一層翳。靠近時，他身上的衣服總有一股樟木櫥櫃與樟腦丸寒而久遠的味道。

阿公睡飽醒來，她陪他下樓，走一段路，招了計程車，遞給司機一張百元鈔票，阿公搶過去還給她，招招手道別，食指中指給菸薰得很黃。

往回走，整條街很暗很潮，牆頭插著碎玻璃拉著蒺藜鐵絲的圍牆這邊，一排水淋淋陰滴滴的樹。她覺得自己好像是草食動物。

葉叢密密擠著，吐出的氣息聚成一個個大水泡，在頭頂光噹落了一滴。好像，好像身後就跟著一隻大貓。

球鞋的膠底，一步一咕唧。

吃人不吐骨頭的夜晚。

「ちょっとさびしいな。」是有淡薄寂寞啊。

阿公有幾次是偷偷的來，去找靜子前或之後，一人憑印象在市區踅踅，「變了，跟以前完全不同款。」等到下次，他忍不住說了，臉上似乎還殘留著淡水河邊的臭氣與灰色洄瀾。

傑洛米滾蛋之後，換來的是理察是大衛，還是阿木阿水，都一樣。她還是早上八點半第一個進辦公室，打開空調總開關與電腦印表機影印機，收電郵收傳眞；將六份報紙的大標題看一遍，連同這一天的 schedule 確認後放理察大衛還是阿木阿水的桌上，放一對紅藍色簽字筆在旁；拉起百葉窗，讓日光曬進來，幫植物澆水，檢查流水滾球的招財陶盆，然後放下百葉窗，調整好角度，去茶水間煮一天的第一壺咖啡。第一杯她獨飲。

拉起百葉窗，猛烈的日光撲進，巨大的一個謎面那般，化纖地毯浮升起絨毛與塵埃。她得承認作過的那個夢，蹲在那裡好暢快的拉出一坨大便。那屙出後好舒暢的愉悅感，回頭一看，好豐盛的金黃一坨。

又是一天。老S打了個呵欠，碎碎唸算了算了，辦退休去加拿大老人國。芝芝、艾茉莉迷上了蒐購仿冒名牌A級貨，兩顆頭湊著合看一本目錄，興奮得鼻尖冒汗。

「昨晚聽到的。講一下妳的擇偶條件？很簡單啊，父母雙亡，汽車洋房。」

「好賤。」

又是一天。她透過玻璃窗看整條雪亮的巷道，看見自己的手伸去公用電話上灌頂那般的摸摸那些善書，燙。

常常覺得很乾渴。

書裡故事，有人赤腳走進沙礫中荊棘的火裡，之後又走出來。烈日下只有光沒有燄的火。

午後開始鬱積的烏黑雨雲，下班前才狂暴的砸落，雷電先在窗上一炸。她簡單的吃了晚飯回住處，雨還滴滴答答的下，畫虎卵大仙阿公居然反常的出現在騎樓下，淋了雨，渾身腥氣，在發抖，看上去水上的倒影那般。

她放熱水給他洗澡驅寒，看見他手肘背一片血漬，白襯衫背部也濺了一片血，左手指甲縫卡著乾了的血屑。甚至眼白都牽著血絲。

「該來的閃不離。」阿公發抖著講。「一隻水果刀這長，闖進來對富美子當面刜落，富美子舉手去遮，尾指節給刜斷飛出去。靜子叫一聲隨就昏去。那瘋尪婿兩蕊瘋狗目，若在剖柴剁雞，駛伊娘，我只好旋到伊身軀後，一隻椅子大大力擊落，再走出去嘩救人。靜子兒婿三四日前又開始發作，我就講要頁注意。外面彈雷公落大雨，我又地頭生疏，是要去哪搬救兵？」

「我轉去厝內，靜子已經醒來，死魚目，嘴角流瀾，客廳若烏暗暝，一個閃電非常光才來看清，尪某兩個疊著倒在那。無救了。無救了……。」

她撿出一件寬大舊T恤與運動褲給阿公換上，去買了麵與下水湯，他隨意吃了幾口，嘴還哺著，頭已屢屢的頹低。他非常疲倦的躺到牀上，然而灰翳的眼睛不斷的睜開，右手掌的肉團不斷的抽搐。

「無看過那麼多血。」

她打地鋪睡，整個夜晚殘破了在滴水，路樹的潮濕吹出水泡，跌碎在油污與菜屑的地上。那隻大貓返身走得很輕很快。那條黑暗街道，走下去，過紅綠燈，再直走，轉彎，一盞路燈大亮如月娘，走得腳熱，就要接上阿公少年時的道路。

那麼，**Shi-tsu-ka-chan** 是怎樣？

「靜子這關我看是過不過了。」阿公嘴微張，魚吐著水泡那般。

「那年……。」

「那年，伯璣兄等局勢略略較平靜有轉來咱庄下一遭，來找我，講起面色還是眞驚惶。靜子老父之前感覺不對勢，全家夥走去日本，樓厝留給伊尪某顧，特別交代伯璣兄要警覺，項頸伸長強出頭，到時斬頭就排第一。靜子非常無膽，伯璣兄朋友陣較活動的，伊一律不歡迎不款待，擋在大門口連一腳步都不給踏入。最驚就是半暝有人來拍門，靜子將伯璣兄摟著，不准去應。棉被蓋著密周周，兩人摟著顫，靜子將嘴舌堵著我的嘴。有一日透早，大門疊著幾個血手印，頭一兩個痕很深很完整，拍到後尾就知意

思，無望了。干是生做很將才的某某人？還是楊桑？還是囝仔面一激動講話就大舌的某某人？還是……？伯璣兄講到這目眶紅。見死不救，わしはよわいもんだ，我是軟弱的人啊。伊講伊自己。」

「わしはよわいもんだ，我是軟弱的人啊。伯璣兄又講，後來爲這跟靜子冤家過幾次，伊氣起就嚷，咱以後會有報應的。」

阿公屈腿，運動褲腳露一節好蒼白的腳脛，沉重的呼出一口長氣。她幫他蓋上薄被，心臟揪了一下，感到好像病體噴出的燒烘。

「Shi-tsu-ka-chan……。」

很久很久以前的那個秋日與那個溫柔美麗少女，一股水上的氣流那般，穿越時空，停在阿公臉上。

她看著日光燈下阿公非常疲倦的臉，若一片給秋陽曬得乾脆的葉子。「妳阿公喔虎卵大仙。」阿嬤說。

大雨後淡薄的寒，那無形的低溫的觸手，從外面伸進來搜索。而阿公吐噓著即將死去的名字，就像他失去多年的手指總在夢中牽動，藏在傀儡空心的軀殼，從不死心的拉扯記憶的線索，意圖回到從前。

枝葉茂盛的路樹，升起水泡，落下水滴，升起水泡，落下水滴，夜夢的憂傷遂不斷的延長。而從前的時光，能否傀儡那般的任由我們操縱呢？

暴雨擊在頭頂，擊在肩膀，碎成水珠與水光。他將雨水的腥氣帶進烏暗暝的屋內，靜寂寂。伯璣兄的魂應該還在，正看著這一切。他聽到自己的喘氣，雨水大力落在窗檯，濺起水花，玻璃窗、磨石子地放寒光。一道閃電劃過，切開陰暗，凍結時間，他先是看到靜子玻璃珠那般僵硬的眼睛，嘴角的口水長長一串，然後是地上的血，稠密而張力，瞬間的鮮紅後又是一片烏黑。胭脂那般非常美麗的鮮紅，啵啵啵的好像什麼古老的嘆息從富美子的身體流出，自有它緩慢的意志力，找路。他身上的雨水流下手臂，流下沒有手指的手，滴落。他以爲是飛蚊症作祟，眞的是一隻蒼蠅在那攤血的邊緣舔了舔，觸著了一個新鮮的靈魂那般驚喜的飛了起來。他站著不動，不敢動，等著它低微話語的速度流著，流向他。

有人啪啪拍大門。啪啪……

雷電之後，空氣清香，在睡與醒兩條軌道間歇交換的眠夢裡，再一次的，她跟隨那隻無形大獸兩腿間垂著累累的性器，揚著難聞的腥臊，輪迴那般的走著前人的道路。

而道路無人，只塡滿了雪亮的光。

再一次的，將手帕綁在腕上打了死結，在眠夢裡仰頭，張開嘴，與雨露一起傾聽。
再一次的，覺得光的溫暖，盛夏的一場雨水那般的澆淋在臉上身上。
於是知道，這是終結與開始的記號。

腳踏車華爾滋

「有跳過舞麼？無喔，那眞可惜，要學，來，我教妳。」

「很好很正當的運動，怡情養性。」

「行旱船，弄車鼓，桃花過渡知否？蚌殼精，公揹婆，妳小漢在鄉下應該有看過。基本上就像那款。」

當然記得。那一個個在大街扭擺得非常誇張的屁股，又大又扁，臉頰抹一團紅，手耍著一塊桃紅巾子，尤其是蚌殼精，梳兩個丫鬟髻，揹著兩片竹編大殼一張一合，穿繡花鞋的腳一進一退。

都比弄車鼓的桃花過渡好，那桃花過渡，哎，少年時看不懂，眞是……。她臉紅了起來。

敘起來算是同鄉，陳桑講彼此兩個隔壁鄉鎮，他聽過她祖父大名呢，「妳家大厝隔著公路對面是不是天主堂？鎮上是不是有兩間戲園？」舊的那間的對面有公路局車牌，旁邊在削甘蔗，車，久久久久才來一班，甘蔗皮上的金蠅都睡死了。去看過日本電影盲劍客、莫斯拉、香港那個凴寶寶的小白龍。

陳桑從家族相簿取出一張黑白相片，大鐵橋通車典禮那日，全家在鞭炮硝煙中，他還是紅嬰仔被阿母抱著，海口吹來的風還是日頭讓人人瞇眼。

半世紀前喔，相片裡的人大半都不在了，這個是我阿舅，開尪仔冊也就是連環圖畫租書店，收店了後，載兩三板車生霉的舊冊來，疊疊一堵牆，我阿母當柴燒。我和阿母比賽，搶在伊送入竈之前看完。有時正看得熱，隨即燒成火灰。像唐三藏才給白骨精捉進盤絲洞，我急得要死，但已經找無下一集。冊紙太濕，煙嗆出，我在大竈邊目眶紅紅，以爲是那些冊本被燒得不甘心的三魂七魄。

這個我姨婆，厝內飼金魚，不是杯底不當飼金魚，厝前厝後用鞏固力的大水槽飼，幾千幾百尾，熱天用竹簾遮日，寒天蓋稻草。古井引起的水奇怪熱天冰、寒天溫。

這個，我阿伯的大後生，大怪人，羅漢腳，阿伯氣著就罵「大本乞丐」，自己的田不做，去溪底幫人顧西瓜，遇著做大水險些淹死。我少年時非常欣羨我這叔伯阿兄，專業流浪漢，一年轉來厝一兩次，一入門先睏兩暝日，聽講有賺食查某在飼，項頸掛一條粗金鍊，阿伯刮削「軟飯好吃，較不會哽著」，做過捆工，最固定的是跟歌舞團全省巡迴表演做雜什兼司機，所以總是蹲著吃飯，用碗公囫。年年來來去去，總是兩手空空，大日頭下沿著糖廠小火車的鐵支路行去。鐵支路早就廢掉，年久月深，一段一段埋進土裡，兩邊是紫蘇跟芋頭葉。看著他離家遠行，心肝頭酸酸的。

最後面這個，我要叫叔公，在山裡跟一個小學校長學拳頭功夫，很會捉蛇，尤其是飯匙倩，等牠上半身直得若一條棍子嘶嘶響，相準，突然間用柴枝若在摃野球摃出去，捉來泡藥酒。

這個是四叔，猴模猴樣，賣麥芽糖，愛國獎券中得第二獎，打一只刻了名字的金戒指，日日在門口埕分送麥芽糖。那一大桶麥芽糖，竹片杓子一挖，拉起來，若熔化的金條，我們仰頭看得項頸瘓。四叔還購一台勝利牌電唱機，無暝無日的放曲盤。大街的唱片行買不夠，專程去台中買。那時的曲盤，除了黑色，有水藍色，紅肉李色，綠色，麥芽黃，每一片清光嘎。但是厝內大人罵，正經事頭不做，聽久成廢人。

四叔的女兒，我得要叫阿姊，沒大沒小就叫她阿娥，很天才喔，暗暝時在門口埕披一條被單脫赤腳隨交響樂或者小喇叭獨奏的音樂翩翩起舞，一隻蝠婆吱的斜飛而下撞到厝簷。小喇叭有一段很低音的啵啵啵，又神祕又迷人。舊曆十五的月亮，水藍色曲盤那般剔透，巷口一叢自我老父做囝仔就有的玉蘭非常香，樹身直通通，菜堂的人日日來挽去供神明。每一蕊花魂給月亮照醒，四叔女兒一直線的衝，啪的兩步三步若飛的跳上樹頂，若一隻鳥，樹葉上的露水滴落。

有一晚可能睏前喝太多水，半暝尿急，才放一半，頭殼給什麼物件打著，不疼，舉頭一看，阿娥阿姊在玉蘭花樹頂搖啊搖，若南海紫竹林觀世音座前的龍女。厝簷的露水一大滴滴在我頭頂，然後呢，她飛了起來，赤腳在厝頂點一下，又飛回樹頂。那回轉的姿勢很優雅，若燕子回身。月光清清，她一飛，整叢樹若像吹口哨。

妳不要偷笑，我沒騙妳，熱天透南風，自西海岸吹來的海風尤其三更半暝那勢頭最猛，若海湧可以將人浮起。未轉大人前，個個都生得黑乾瘦，要飛起來不是不可能喔。

隔日，我在柴堆上找到阿娥阿姊，在偷睏，手還捏著尪仔冊。一定是半暝學飛太累。

妳看過陳定國畫的古裝尪仔冊麼？我那阿娥阿姊最迷他，時常披著被單學呂四娘、孟麗君的架勢，手指頭拉眼皮吊成丹鳳眼，問我有像沒？我最崇拜的當然是葉宏甲跟陳海虹。儉很久才有五角銀，去大街看尪仔冊，兩人剪刀石頭布決定看哪一個。

我鎮上的大街跟妳鎮上的大街，比較起來很趣味。妳的有戲園有天主堂，我的無；我有大廟，妳無。但是我阿母一定去妳的大街糴糯米。我印象很深，我小漢常蛀齒，疼得在眠牀上滾，我老父騎腳踏車載我到妳的大街去給齒科老仙點藥，嚴重時一天走三四趟。診所前的柱子靠一台腳踏車，車輪強強要比我老父還高，聽講是天主堂的神父自美國運來的。

有一年，馬戲班來到妳鎮的戲園口，搭起大帳篷，鐵籠裡有黑熊、猴，一隻大象、幾隻馬。馬戲班到的頭一天，我和一些叔伯阿兄小弟就偷偷去到戲園，看他們開箱、綁繩索布置，練習空中飛人、頭毛功，這才發覺空中飛人眞矮，但是肩胛頭跟手骨像水泥柱。公演一禮拜，結果生意不好，五天就結束。哪看得起？夜夜夢見偌大帆布篷透著萬道金光，瑞氣千條。我們再去戲園，只看到幾堆畜生屎尿。戲園頭家指著兩個若飯糰說是黑熊屎，要不要撿去做紀念？

四叔買電唱機、曲盤，我跟著去，他跟人開講總是講，妳的大街較摩登，有什麼好物都是先引進，即便是吃的西點麵包、死人用的棺材店，也是。

摩登。我好奇，想不出什麼意思，電器行隔壁是鐘錶店，是我一個阿嬸的後頭厝，整店掛滿了大大小小的鐘，整點時一個接一個噹噹噹的響。

我鎮的大街在做醮拜拜時就一定贏妳。鎮上的頭人決定出藝閣——妳不知什麼是藝閣，古早古早是用牛車，拖拉庫上改裝成戲台，童男童女化妝打扮得若在演歌仔戲，八仙過海，火燒紅蓮寺，憨鴨那般在車上不動，被載著遊街。我一個小學同窗上過藝閣，大概怕他跌落車下，背靠竹篙綁著，可憐喔。

嗨啊囉咧嗨，呵啊囉咧嗨伊都呵啊囉咧嗨。

聽得出我哼啥？

妳先不要笑，我講笑魁給妳聽。我四叔參加過弄車鼓，反串扮桃花姊，四嬸借他胭脂水粉、耳環項鍊，一襲鳳仙裝跟繡鞋，倒手紅手巾，正手舉一支紅花傘，我阿嬤笑得差一點落下頦。桃花跟船伕，兩個查甫人在大街又扭又跳的對唱情歌。

放送頭傳出的歌聲，破碎又大聲得耳孔欲聾。四叔桃花姊，兩手將紅手巾纏了又纏，一轉身，跳過鼻子一塊白漆若白鼻心的船伕，屁股一盪，將船伕撞得跌了個狗吃屎。

正月人啊人迎尪，單身娘子守空房，嘴吃檳榔面抹粉，手提烘爐等待君。嗨啊囉咧嗨，呵啊囉咧嗨伊都呵啊囉咧嗨。二月是啊是春分，無好狗拖撐渡船，船頂食飯船底睡，水鬼拖去無神魂。

四叔後來開溜冰場，其實是輪鞋，那幾年流行。阿娥阿姊很快無師自通會溜花式、倒退，晚頓後，音樂一放，先表演一場。四叔雇三輪車用放送頭廣告，十二月，溜冰場四周圍學天主堂結小粒電火球，像放煙火，來溜冰來看阿娥阿姊表演的擠得滿滿，牆圍上也趴一排人頭。磨石地上，她一上場，兩腳併做一字形，畫了幾個圓圈。騰雲駕霧喔，有人講。她綁兩條辮子，若一陣風在穿梭。

輪鞋的構造簡單，四個輪子托一個可以伸縮的白鐵座子，四叔給我一隻螺絲起子，若店小二幫人客調整合腳，一天賞我一塊銀。四叔笑我，矮仔猴。

跟四叔合股的將他的住家讓出做辦公室跟放輪鞋的倉庫，客廳壁上掛一大面鏡，我蹲著調鞋，花布簾後的桌上放電唱機，四叔隔著窗子收錢。

水泥板的牆圍後是豬槽，有豬屎味，放送頭，就是喇叭先是嗤喳幾秒鐘，小粒電火將寒天的夜照得很有精神，音樂一出，很輕快歡樂的帶領所有的人同心協力若要去迎接一件大事。那樣的鄉鎮，突然間每一晚若在過節，我吃過晚頓，趕緊走去溜冰場，大街媽祖宮前看見那邊的光跟音樂，心臟怦怦跳，神奇的一晚又要開始了。尤其晚時透風，溜著輪鞋的速度感，聽著非常異國情調的音樂，那整個的氣氛就是讓人作夢，日時的規律、束縛都暫時不見。

那不是我們鄉下聽慣的噴吶南管北管或西索米，差不多二十年後，我經過一間學校，裡面在跳土風舞，啊，我才知那些音樂，原來曲名是〈華盛頓廣場〉、〈飛行世紀〉、〈腳踏車華爾滋〉、〈水舞〉。

又一次，十幾年前，朋友招我去峇里島旅行，第一次出國，晚頭向飯店租腳踏車騎去登巴沙，直通通一條大馬路，騎半點鐘久，來到市區，有一座簡單大方的建築，可能是官府，前面一塊草坪，幾叢樹開白花。我買一袋山竹吃。回程時好奇彎入小路，在一大片一大片烏暗的田中騎了一點多鐘久，老實講，愈騎愈驚惶，田水反光若一大片一大片的鏡，我在鏡跟鏡的接縫若螞蟻。終於來到一個夜市，很奇怪的感覺，天很大很高，一頂一頂的布篷，發電的馬達嗡嗡響，很燥熱，熱帶的人目睛大粒特別晶光，踅了一圈，腳底嗶嗶啵啵若像踩著那些目睛仁。一隻被鐵鍊子拴著的猴子，好厲害一眼就看出我是唯一的外國人，吱吱的凶我。馬達在紡的聲音中我聽到一陣熟識的音樂，像在作夢。

事實上，阿娥阿姊的溜冰表演恐怕沒有那麼精彩，那些來參觀的人，面上驚奇的光彩可能更加好看。我夾著一雙輪鞋，在大人的腳腿中鑽，突然眾人嘩一大聲，我蹲落，她倒在溜冰場上打陀螺，頭殼狠狠撞上牆圍板，咣一聲，不動了，若一隻割喉放血了後的雞。

沒三年的好光景。這是我四叔愛講的。溜冰場沒多久就收了，四叔中獎的錢財散盡了，又去賣麥芽，阿娥阿姊也不跳舞了。

不跳舞了。她變呆了，乖乖的飼雞飼鴨，目睛大大蕊跟妳相像。

「眞正？」她笑，笑聲公園的豔紫荊落地那般。

七月樹啊樹落葉，娶著桃花滿身搖，厝邊頭尾人愛笑，可比鋤頭掘著石，嗨啊囉咧嗨，呵啊囉咧嗨伊都呵啊囉咧嗨。

早上十一點左右，陳桑將他的車停在小學牆圍邊阿勃勒樹下，放倒椅背，兩腳縮起，小眠一下。小兒子寄來照片，與女朋友買了輛二手車，車身鮮豔的藍色，有放假就出遊，眞會享受吶，去海邊去郊外，兩人攬著，嘴笑目笑，感覺那空氣沒什麼污染的好乾淨。

嗨啊囉咧嗨，呵啊囉咧嗨伊都呵啊囉咧嗨。

十一點三刻，她下樓，巷口馬路在挖捷運已挖了兩年，她穿過菜市場，景氣確實不好，幾個路口總有三兩個散戶的阿婆，攤開兩張報紙或塑膠布，將自己種的葉菜、筍子整理擺放整齊。坐在小板凳的老伙，乾癟小臉上兩粒龍眼子的眼睛畏縮的從不叫賣，她們的手指，豆漿上的膜那般的皮包骨，浮筋青藍色。正午日頭菜頭心的白亮，她行得匆忙，總以爲那些阿婆都是從陳桑的時光隧道裡爬出的。

嗨啊囉咧嗨，呵啊囉咧嗨伊都呵啊囉咧嗨。

來到陳桑未熄火開著冷氣的車子，那總讓她想到卡奴、憂鬱症患者、殉情男女接廢氣自殺的社會新聞。

陳桑無一日不將車子擦洗乾淨若初生的鴨雛黃。她敲敲車窗。椅子上鋪著木珠子結串的墊子，防痔瘡的，一動就骨碌碌響。

她再敲敲車窗，陳桑像條鱷魚的張開眼睛。

嗨啊囉咧嗨，呵啊囉咧嗨伊都呵啊囉咧嗨。

我不是貓

這一次，她找到了與老S、芝芝、艾茉莉的共同語言，「我的心留在東京。」

「不對，是留在Matsumoto Kiyoshi，松、本、清。」

「尤其是澀谷的兩家旗艦店。」

「可是我比較喜歡Sony Plaza說。」

四天三夜的員工旅遊，回來後，只想延長假期的感覺。四人的餘興就是比較自藥妝店蒐購的生技產品、健康食品、化妝品、保養品、瘦身品、美容工具，擺擺一桌子，平假名片假名，研究，交換，相送，互通有無。

「這一罐『吃的氧氣』，說是補充元氣，消除疲勞。買空賣空嘛，可人家眞是冰雪聰明。我決定好了，下輩子去當日本人，感覺爽多了。」

「沒錯，去當道地的 shopping queen 。」

稽核前一晚，她像往年一樣加班到整辦公室剩她一人，眼睛痠澀，抬起頭，窗玻璃上一條人影，手機叮鈴鈴響了。

一個求救的聲音。嗚咽著。

聽不出是誰，問也不答，只顧哭。

「你再不說你是誰，我掛電話了。你怎麼會有我電話號碼？」

「妳一直問一直問，號碼就在我手機裡，我怎麼知道爲什麼會打給妳？」

她爲那種小男孩的幼稚語調心軟了，「我要怎麼幫你？你人在哪裡？」原本要脫口而出的是：一個大男人哭哭啼啼，成何體統？是電視劇台詞，說不出口。「喂，告訴我，你人在哪裡？」

「在外面、在外面，路邊、路邊。」

那哭腔隨著他身體的運動忽高忽低，忽大忽小，形成一個簡單的模式在重複。她以爲耳朵是貼在那燒熱的頭腦上，頭殼裡嗚嗚的蒸氣找不到活塞。陡然，傳來硬物撞擊聲，聽來是在撞頭，她急切的問：「你在行天宮拜拜喔？」

哇的撒潑的更大聲。哭聲沿著耳神經竄進她心裡，一隻螞蟻掉進古井裡那般。

「喂，你名字告訴我。我要進電梯，可能會收訊不良，你別掛。」

她緊握手機，耳朵燙紅，出了電梯，看大門的警衛在櫃檯後嘻嘻的要她過去看看，分割成九宮格的監視器螢幕上，其中一格裡，一個男人在大樓外人行道上乩童那般的揮手扭身，抓頭撓腮，屁股往地上一蹬，開始脫衣服。傳送與處理速度的秒差，他的動作被默劇化，一頓一頓的顯得低能。她忍不住笑了。第一件馬球衫一甩，一陣大風一托，送到隔壁的那一格畫面，躺在水泥地上，一幅現代畫那般。

心裡那隻螞蟻，忽然變成一隻趨光的夜蛾，在胸膛內吭吭吭亂撞。

待他裸著多肉厚實的上身，一轉，五官擰在一起的臉對準了鏡頭，左手還牢牢抓著手機貼著左腮。她認出了，是那年被傑洛米重金禮聘來幫他搶案子的某某。

她喊出他的名字。他本能的嗯一聲，仰臉望了望。

算是個客氣的人，沒有特別支使過她，唯一要求她手機廿四小時開著，不得關機。眼睛不大但掩蓋不住的精明，兩片薄唇，工作極講效率，對方反應慢半拍就皺眉頭，有幾次半夜了還打電話問她一些事。合作結束那日，默默在她桌上放了個禮物，一個做工細緻的手機皮革套子。

大樓大門朝著林蔭大道，安全島的欒樹鱗鱗的被吹動，相當涼颯的夜晚。

好像一尊坐佛的禪靜了，螢幕上他的背弓著，腦袋低垂。

夜蛾停下來，搓搓細足。

電話裡聽得見數不清的欒樹葉在搓擦。

然後他動了，螢幕閃著一條雪花，他脫了褲子，脫了鞋襪。

她疾走出去。他抬頭，一張被愁苦碾壓行將碎裂的臉。他也認出了她，那一瞬間，額際眼裡閃過一道光。

他需要她。他知道她喜歡他需要她。

她從不知道一個人可以那麼柔馴。幫他將衣褲穿回去，牽他坐上機車，讓他一手搭她肩上指路。在那黯淡低迷的深夜，他們逆風前行，在無人知曉的異鄉的邊緣。

到了他住處，他拉著她不讓走。那手，一厚塊動物脂肪。街角的便利商店明亮乾淨，店員在飲料冷藏櫃前補貨，一瓶瓶一罐罐的嵌入，一條條完整的基因鍊帶。她迴避不掉他的目光，懇求的。

她緋紅的讓他牽著進大門進電梯，那是創造秩序的時刻，是以光明撲滅黑暗的時刻，是在兩個人的距離互讀唇語的時刻。也是開始的時刻。

屋內溢著一股腐餿。臥室的大牀上是衣服塚，趁他洗澡，她約略清理一下；繞進廚房，一水槽油膩膩的碗盤，爬著蟑螂，冰箱門像凶殺案的噴了一大片淋漓的黏液，瓷磚地上也結了一層漿液，會吸黏鞋底。

浴室打開，氤氳的熱霧裡有一粒微黃的燈泡，他僅在腰際圍了條浴巾，散發著嬰兒的清香。看懂她的不安，他趕緊去穿上衣服。然而，畢竟是老舊的建築，燉當歸的中藥味，抽水馬達的轉動，小孩的啼叫，聽得很清楚，這樣他們才得以靜靜修補應有的陌路感，如同注視著衣衫上緩步的蠹魚那般。

寬肩方臉，然而完全無法自制的一開口，眼裡就汨汨的濕了。

「好幾天沒睡了，不是、很想睡，但這裡，有個可惡的怪物好像轉著水閘門的鐵環，把人擰得緊緊的，好累，累到快撐不住了，牠突然嘩啦啦打開閘門洩洪，天亮了，牠於是大笑，揮著很長砍人頭的鐮刀。」

「所以，妳不要回去好嗎?有個人在旁邊，就覺得放鬆很多。」

喔，我是你的藥。

他打了個大呵欠，上半身一顫。

還沒有釐清他的邏輯，她已經被他牽手進臥室，一人一個枕頭躺下。她的手始終給他握著，他不放，漸漸滑進睡眠的一絲釣線，餌著她。

枕頭，甚至整張牀都透著藥味。他無名指上是有個戒指。

陪葬的人偏。古老的詛咒。

在她的睡夢裡，精子是帶著翅膀的，飛滿天。

折斷的透明翅翼，或者整隻撲棲在她頭髮上。

醒來時，天才濛濛亮，夜氣沉澱到此最爲凶猛，有一隻鳥咕——咕、咕飽含水意的叫。她抽回手，聞一聞，衣裙卻與身體低微摩擦。躡手躡腳的離去，樓林上的天空鍋蓋那般只被掀開一指縫，毛渣渣的魚鱗白，此外盡是水墨。頭頂安了雷達那般清醒極了，搶在全世界之前醒來，整個城市是張粗粒子的黑白照片，壅塞中剖開了清曠；她划開露水的潮濕，回住處梳洗，覺得自己漲滿、立體而不墜。有著蛻了舊殼的新生的緋紅、癢與痛。

他也有了顯著的變化，立即的。「天氣好好，今天。」沒有嗚咽的音質比較厚也比較濁，他說，去了菜市場，看見芹菜苦瓜辣椒好豔好亮，養殖蝦活跳跳好鮮，就都買了，「晚上一起吃飯，嗯。」還買了一袋碧綠的金桔，做飯後水果茶。

客廳的矮几就是餐桌，他將一把五顏六色的藥錠擺在桌上，一排，藍的像孔雀翎眼，綠的像金龜子甲殼，紫紅的劇毒那般，他一一解釋，「副作用呢，整個人白癡掉了，只會喔、嗯，喔、嗯。」

「這一把不吃了，妳看會怎樣？」他將之當成彈珠，一粒粒以食指彈出，幾粒瞄準她身上射。

「想到了，串成項鍊給妳戴。」

「《小英的故事》，小英沒進她爺爺紡織廠當女工前，住在河邊用魚骨當梳子，削樹枝做餐具。戴戴看嘛，讓我瞧瞧。主題曲妳一定會，唱一下，好啦，唱啦。汪汪，我就是小黃，牠左眼還是右眼一圈黑？跟《家有賤狗》有什麼不同？」他挺立，一手搖呼拉圈的轉著藥錠鍊子，一手做孫悟空狀，耍寶，唱起一首兒歌，「卡通我喜歡喜歡喜歡，電視我喜歡喜歡。」

看影碟是他的生活重心。一個吃影像維生的人，堆積了一客廳VCD、DVD，出租店那般。

老公寓房子，日照、通風良好，以為被一天的例行公事磨得最疲乏黯淡之時，有那種吹動吊牀與椰子樹的風撲撲的來，喚起皮下組織的陳舊記憶與親切感，讓他當下傷感得眼鼻嘴一擰，又有了泫然欲涕的意思。

她抽一張衛生紙遞給他。多麼不對等的關係啊。

不拘時候，想到了他就打她手機，聽到叩噠輕脆的木片落地聲，是他隔壁的阿嬤做完日課，博梧收尾。他說，才在廚房打死一隻蟑螂，因此想到了信仰的問題，其實有實驗顯示，蟑螂比我們認爲的乾淨得多。然後，一團螞蟻雄兵來抬蟑螂屍體，他潑了一杯糖水沖散牠們，果然，來得更凶，慌張？興奮？等牠們齊心齊力抬了一大段路，他出手，搶回蟑螂放原處。螞蟻的秩序被破壞了，地上黑麻麻的亂流，但很快的牠們就恢復重來。如此的他跟牠們玩一下午，戲弄牠們一下午，最後，將那隻死蟑螂扔出去，一條拋物線，噠啦，THE END。或者，多風的午後，風過氣窗，總要被絆一跤，喀啷弄響。

他怪笑了兩聲。通話結束前，他請她下班順路幫忙買廚廁清潔劑、除蟑藥。她還買了長柄刷子、鋼絲球、塑膠手套、一瓶甲苯。

兩人共同將廚房徹底大掃除，接著是浴室，客廳，臥室，書房。

然後，人倆時刻開始了，躺在他旁邊，給他創造神話的線索，給他垂釣睡眠的餌與線，給他漂在黑海鏡面的浮標。

遂覺得全身僵硬，醒來時。一樣的，那隻鳥咕——咕、咕喝水那般的叫著，曙色是青灰的，房裡諸物都疊了一層絨絨的影子，他的眼睫在歙動，呼吸有點粗，瞳仁在轉動窺視。她突然知道他是醒的。在牀沿坐了一會兒，嘴是苦的，喉嚨是熱的，整個人是蠢的，兩條腿是麻的。可能是火氣，可能就是勇氣，她伸出食指，畫了畫總是握著她的右手掌心。他吃驚的抽搐了一下。

然後，他失蹤了三天。

她如常的下了班去他住處，就著矮几簡單的吃晚餐，沒頭沒尾的看一部日片，第一晚將他換下的衣服洗了，水槽清了，垃圾倒了。第二晚，將他幾雙球鞋刷洗白淨，倒扣在後陽台的女兒牆上。第三天早上，沒聽到那鳥叫，屬於他那邊的牀側的落地玻璃拉門充足的採光讓房間非常明亮。她睡得很踏實。

屋子開始它甦醒後的聲響，壁間的水管漉漉啦啦，煎蛋的香，鏟子敲鍋底，玩具咕唧咕唧，擯上鐵門，老先生嘎嘎清喉嚨呸的吐痰。日光蒸曬著屋背後大樹，慵懶的植物香，曬著老舊外牆，乾燥粉末化。不知源自什麼的反光，在白牆上晃亮。

他不在的屋子，一座空墳那般。

洗著臉，看著他的毛巾牙刷漱口水牙線刮鬍刀古龍水，水濕的眼睛是燥熱的。

吃飯時，他習慣看著影片，更壞習慣的是，他愛講電影，一個文盲殺手跟一個很會虎卵的小孤女；馬戲團來到颳大風的小鎮，像烏鴉的一群神父；一群前途無亮的中年男人在地下室拳擊賽；一個高智商會讀心術的殺人魔；俏女傭帶著小紳士小淑女在大宅院裡遇見鬼；中樂透的銀行小職員綁架了他暗戀許久的女學生，軟禁到死……。

但他不講去了哪裡。才打開大門，她就知道他回來了，鳥棲在樹上，果子落地。

他黑了一層，嘴唇一圈鬍渣，活火山那般的抽菸，短褲下兩腿踏在矮几。兩人廟裡土地公婆那般的對坐。他審判的嚴厲目光時而看她一眼，看她一眼。她不閃躲，想到了傑洛米，這是戰鬥的時刻。即使厭憎，她要知道爲什麼？即使階段性任務完成，可以扔棄，她要知道爲什麼？即使一夕間變成了入侵者，她要知道爲什麼？即使是屈辱，也要是完整的屈辱。

他沉默。他不說，每個早晨她離開以後，重新乾淨的房子令他疑懼，回不去那慣性的軌道，找不到新的秩序，所以，他走路。

他不說，她不知道他在出發一個小時後才發覺印象中沿著電線杆走過城鎮是老電影裡才會有的事蹟，見到了活生生的檳榔西施，兩個大男人才合抱得住的金爐燒起烈焰；睡了一覺的夜車後，他走進歐吉桑盤據大罵宋騙仔連阿舍遍植菩提樹的社區公園，另一頭架著好大的黑色音箱唱卡拉OK，又一座大廟前萬頭鑽動在錄電視綜藝節目，粗陋木板牌樓有字，「恭祝天上聖母誕辰祈國泰民安求風調雨順」；繞進菜市場連吃好幾攤一百元還花不完，買了一雙顯然大陸製的塑膠拖鞋；幾小時後，在柴油味很重的客運車站，遮陽棚下擠得密紮紮的機車腳踏車現成的汽油彈，黃昏了發現手機沒電，但拿起公用電話話筒一個號碼也記不得，暮色隨著車後煙塵愈來愈濃，補習班前汗臭中學生個個一杯冷飲一紙袋炸雞。好像每一條街景都一樣，若有河溝，橋下滿滿開著藥紫小花窒息水流的布袋蓮；若有牆，則噴漆寫著醜醜的要粗工越南新娘找我；若有紅看板紅旗幟，則是樂透投注站；路口若有老男人負手怒目定著不走，一定是秀逗阿達；賣車輪餅的若紙板寫著零錢自己找感恩，一定是某某功德會會員；若是炸雞排波霸奶茶攤，一定歡迎加盟。夜裡似乎聽見海濤聲。

繼續走下去，成爲木麻黃防風林下一具骷髏，上有迎風盪啊盪的貓屍。

走到意義的邊緣，發現再也不能有所發現的事實。

回望隨便那一處人家窗裡的燈，他第一次掉下有意義的淚水。

他不說。在那吃人不吐骨頭的夜晚，積了一天的疲累像脖子的角質泥垢，搓搓就是一條泥蛇，她暗暗的將鎖匙放在沙發上，不看他，敗走。

如常的速度騎車，在紅燈前停車，右側是家便利商品，冰清大亮，店員默劇那般的在冷藏櫃前補貨，路樹於夜暗中湧動，油畫那般的一團團作漩渦狀，吐出低微之音，有一剎那她以爲聽到了。

沒聽到，是因爲連憤怒都是引線濕了的火藥。

半夜，手機響，她等鈴聲歇了才關機。第二天半夜他又打來，她還是不接。索性一回住處就關機。

生活裡可有可無的瑣碎太多，一天很快就塡滿過去。意外的是德叔辭職，與從公家機關退休的太太開了間複合式小店，兼賣私房麵與大陸北方的民俗手工藝品。她們去捧場，芝芝、艾茉莉出點子要幫忙做店招海報宣傳單，老S獻策派報夾報怎樣做最有效最省錢。第一次看見德叔老臉的安然，他太太笑嘻嘻的很春風，看得出才是那店的台柱。吃得心熱，艾茉莉就說了，一早聽不到德叔放大屁挺惆悵的呢。

轟笑聲中，她以爲路邊白千層揚起一場雪，他在街對岸。她一驚，偏過臉。隔一會兒，轉頭去看，消失了。稍晚，她停妥機車，進屋前眼角餘光掃到似乎是他半隱在巷口一堵牆後。用力摜上門，很快的再開門，跑到巷口，只聞到牆根的尿臊，竹竿上還晾著衣衫。她疑心果然是幻覺。

那在夜裡抽長的可望做爲吊人樹，徒然掙向天空的枝葉。

是夜睡夢裡，他在日光雪亮的巷道那端，烏嘴唇乾得酥裂，並不盡然是乞憐的眼光。她偏過頭，然後，他走近，滿是怒氣的狠推了她一把。她回頭看，他換成了傑洛米。

是凌晨三點，非人非鬼的時段，她驅車到他住處，一路漫著水霧。繞行大樓四周的街巷一圈，屋內燒亮。她耐心等，像等一艘船起錨，等他走動的光影出現，在幾個房間穿行夢遊。她繼續跟著繞圈，騾子轉著石磨那般，胃是空的。那燒亮了整夜的燈光，將所有的玻璃窗烤熱了凸成金魚眼，隱約冒著絲絲縷縷的煙霧，他不停的抽菸，影子痛苦的扭曲在牆上。她知道他不能夢囈的嘴苦臭，沒有她的手可握，他兩手又癢又麻，腦袋咚咚咚的響，也知道他睡不著的折磨與千斤重擔，還有那囓心的寂寞。

她都知道。可同時又一絲絲的竊喜著，這次她成功控制住自己那份婦人之仁。

她催了下油門，加速再繞到屋後，那裡窗面積大，或許他會皮影戲那般的出現。

夜霧與潮濕，然而環繞她的樓與天空有著膠卷的質地，不吸水，她卻全身濕了。

髮梢的雨水泠泠滴進胸脯與背，一窩初生的小蛇。

細口細口的噬得她僵硬如鹽柱。

而那滿溢著光與熱的窗，終將一塊烙鐵那般的嗤的掉進她的眼眶裡。

是他的人倆時，併躺在好像退潮沙灘的牀上，他說了對母親的印象，用一種剝開粽葉熟黏的糯米那般的聲音。

年輕姣好容顏的母親，豐滿嫩白，鵝蛋臉，專心的時候嘴唇好像花苞的微裂，教他摺紙，衣服褲子飛機青蛙鶴面具，甚至吹氣漲成一個紙球。一張張正方形的彩色紙。桌子一角給熨斗燙了一個焦黑印子。他手賤，彩色紙撕碎，開窗一撒，讓一道小旋風吹上天空。

母親長髮上梳，綰了個髻，兩耳戴著櫻桃紅耳環，雙唇抿著貞潔的線條，如此拍過一張沉浸幸福的沙龍照。

小時候住台中，一排樓房後是稻田，樓下兩家酒吧，晚上裡頭吉他與鼓砰砰鏘鏘，流洩出神祕又淫的紅光，騎樓裡手臂好粗又多毛猩猩那般的美國大兵跟吧女接吻，衝上樓轉播，啪啪敲浴室門，父母親在共浴。他蹲下想從通氣窗看究竟，裡面突然沒了動靜。天氣熱，田裡沙沙響，背上的痱子癢。

遠端的地平線偶爾隱約看得見黑色火車一列跑過。

收割後的田地，紮了一堆堆草垛，燒出一塊塊焦黑，焚稻草的燥香。那灰青的傍晚，太陽下山要很久很久，一張血盆大口咬著地平線，流著殘霞的膿血。後陽台燒著一個圓柱體的灰色煤球，火星呼嗤呼嗤飛出。

浴室牆上的鏡子，一片水銀膜的薄光，軟綿綿而變形。母親看著鏡子，咕嚕咕嚕喝著一大罐玻璃瓶，黃色液體從她的嘴角流出，然後整個人頹放在地上，半邊臉貼著瓷磚，吐著白沫，一尾被釣上岸邊的魚那般……。

「魚？她個子很小嗎？」

「好啦，像海豚。」

他現身的黃昏，一陣一陣的颸大風，晚雲沉沉的壓著殘陽，竟然膿血那般的淌在建築物頂上。如同夏令時光的這個時候像黃金的富於延展，很長，而且因爲通風，遂更覺悠遠。

被主人牽著散步乾淨的大狗，十字路口坐輪椅的愛心勒索集團，露內褲頭與臀股溝的青少年，快遞披薩的送貨員，垃圾桶上一把爛玫瑰與菸蒂，路樹樹幹纏著小燈泡，漆黑大窗貼著急售紅紙，打呵欠穿套裝的職業婦女，拉著一車廢紙箱舊報紙的老人。

他始終與她維持四五步的距離，在那些還未亮燈的昏暗路段，兩人成了鬼影。

餓了，吃一人份一百元的義大利麵，兩人對坐，他垂著頭，黯黑的臉上有油垢有汗漬，鼻毛刺出，下巴茸茸鬍渣，手臂有蚊蟲叮咬的痕跡。他涼鞋上的腳，乾燥皴裂，角質層灰白。一切，好像是她惡意遺棄了他。

餐廳朝著的社區公園，一棵大樹落著鳥羽那般的長條穗狀白花。

我們看不到他人的苦難，願意看見只是因爲那裡幻燈片似投影著我們自以爲是的苦難。

背向著他脫衣，衣服欲脫離身體而獨立的聲音細碎而吵，蟬蛻的殼；他浴後的皮膚清涼僵硬如同蛹。兩顆頭兩粒椰子的靠近，輕碰。

夜重重的壓下來，她的手背叛了她，一下子握著了他遲疑的乏力的性器。

他木乃伊那般。終於，他的手來覆握著她的手，才覺得牠活了一活。時間坍塌。他另一手來觸著她的胸。

點金成石，她覺得自己的軀體從那裡鏽了，灰了，然後整個人身崩解成爲屍塊。

不斷碎裂與暈眩的夜。

屋頂燈罩積了些蟲屍。等到他稍稍發出鼾聲，她才離牀，新鬼回老家那般屋內走了一遭，她不在的這段時日，它恢復了原先的蕪亂，更爲壅塞。地上堆著一疊疊的影碟、ＣＤ、雜誌、不明所以的箱盒、瓶瓶罐罐。

天濛濛快亮了，客廳窗下防火巷一扇門吱吱嘎嘎的開了又關，那生鏽的聲響好像逆撥時針，將她與他粗暴的推回最初的境況。而從後陽台湧入的新生氣流有著刀刃般的鋒利，隱隱的酒精藍，她坐在沙發上想到他尾隨整個傍晚以及晚餐時垂頭的樣子，竟然不敵那洶湧而生的睏意。

被驚醒時，天已大亮，是他來一屁股坐在她旁邊，白色內衣褲，粗黑四肢，一個索求母乳的巨大的小孩，頭倚靠她肩膀，緊緊的抓住她的手握著。她窘得頭一偏，戶外八點鐘的旭日好刺眼。

隔了幾天，透過手機，他說，搬來住一起吧，嗯。

她沒有回應。

活著占據的空間她試圖縮至極小。一天中她最喜歡、放鬆的是騎機車的時候，地上自由移動的一個點。她沒有回應，他也沒有再問。復合的那晚，再一次的她以清潔婦的身分與姿態走進他的屋子。他深深一鞠躬，日劇那般的喚她，歐內將。

每當他叫歐內將時，絲毫看不出他是那個被躁鬱所折苦的人。

洗刷得鑠亮、紗門紗窗的青綠重現的廚房，他說，來，歐內將，我得培養妳做個煮婦哪。

「哎，依我的標準，妳是連刨絲瓜都不及格。妳小時候住鄉下，不幫忙下廚的？」

擺脫不掉的還是那睡眠的大牀，退潮的沙灘那般的平整。她說起小時候在門口埕仰臉看萬里晴空老鷹在盤旋，奇怪家鄉老一輩的稱牠「獵葉」，兩翼大張，強而有力，好像騎乘在氣流之上，完全不必有麻雀的急躁。隔壁人家養了兩箱的蜂，龍眼花開的時候，飛得特別勤快。有一年熱天鬧雞瘟，母親與阿姆阿嬸們天天趕著殺雞，割喉放了血，將雞頭折進翅膀裡，有時突然站起好像無頭騎士的咯咯跑著，嚇得手上提著菜刀圍捕，按進大鋁盆沸水猛烈一淋。大弟最貪吃，卻是面黃肌瘦，在眾小孩前徒手從背後拉出一長條蛔蟲。她那貧窮粗鄙的鄉村童年啊。

他羅漢那般的側躺，右臂成弓托頭，聽得眼睛發亮，笑吟吟。「哇，好讚的畫面，好有黑色的喜感。然後是丟給你們還是他張開嘴吞下去？」提起腳踢踢她的腿。

「內將。歐內將。」

她沒回應，他便笑著加重力道再踢，踢得她全身晃動，並不覺得痛。

「歐內將。」

等脛骨的痛感傳遞上來，她才慢慢知道，原來，與他之間的輪迴便是這樣的惡性循環，那恥辱的扇葉從一開始便是渦輪那般割著她的身體與靈魂。

她張口想要說些什麼。

言語離她很遠。

他曬得黑黃的臉，側面的輪廓，是荒磔下的土丘。

他早已無視於她的存在，經常夜半一翻身一條腿壓在她腰腹，重量犁著她的睡眠。

因此非常非常羞恥的想起曾經掌中他的男性，只有過一瞬間的膨脹與熱力。

後陽台的鐵窗柵欄，鉤掛著一束束乾燥花草與幾條抹布，她半夜醒了，去廚房喝水，淡淡想起好久未曾返鄉。她始終沒有問他那失蹤的數日是去了哪裡。

臨下班，抬臉就看見玻璃窗落日反光，由黃而紅，瞪著直至眼睛也燒熱了，想到了茶几上那一排色彩鮮豔的藥錠，很想握握老家大竈底溫暖的灰燼。那幾乎就是死亡靜止的狀態。還有圳溝邊怒生、腐臭味的月桃，被蟲叮咬的玉白花苞，在那蚊蚋飛聚成雲的傍晚，有著如死的沉靜。偶有上年紀的鄉人旱季時就在圳溝裡涉行，水上一團黑影。

時間的水面，並沒有倒影。

桌上的電話響了，她按著話筒猶豫著，手指要放進刑具拶子那般。

那夕陽竟是那麼的熟豔。

騎車去他的住處。一點一點的光在她臉上身上收走。

人在世上豈無爭戰麼？他的日子不像雇工人的日子麼？像奴僕切慕黑影，像雇工人盼望工價。我也照樣經過困苦的日月，夜間的疲乏為我而定。我躺臥的時候，便說，我何時起來，黑夜就過去呢。我盡是反來覆去，直到天亮。我的肉體以蟲子和塵土為衣，我的皮膚才收了口，又重新破裂。我的日子比梭更快，都消耗在無指望之中。求你想念，我的生命不過是一口氣。

我盡是反來覆去，直到天亮。

我的日子比梭更快，都消耗在無指望之中。

我又是誰的雇工誰的奴隸。

求你想念，我的生命不過是一口氣。

她將鑰匙插入大門鎖孔，才轉動，第二道門打開了。

隔著門上鐵條，他兩手捧著一隻瘦瘠的貓，圳溝水裡的月亮那般清炯的看著門外她這個陌生人。

未完成華爾滋

她彎曲食指敲敲車窗。陳桑睡得胸坎一起一伏，似乎在打鼾。

駕駛座前玻璃屏幕，陳桑每日透早出發前洗淨得清光流離若糖蜜，倒映阿勃勒與天空，呈現黑灰與銀亮，若時間的強力膠。

她記得陪兩個兒子幼嬰時看卡通影片，一個公主死去若大睡在水晶棺槨裡。多幸福的時光吶。陳桑心情若好，會特別彎去花市買一束百合，花大開雪白而硬挺，車內就有一種明亮清潔的精神。

陳桑悠然的講古，關於他從家鄉舊厝搶下的骨董腳踏車，非常笨重，椅墊後載人載物的方架好大，整台的骨架都是黃鏽，車把前有一粒燈，用小小的若汽水瓶的電瓶摩擦輪胎生電，摩擦緩慢了車輪轉動速度，加重踩踏的氣力，發出呻呻呻的聲音，若是踩慢了，車燈的光隨即若酒醉。

陳桑帶著細漢騎腳踏車的快樂記憶駛車，因此冥冥之中交了好運。那幾年，天才光，先送胡董夫妻去爬山，中間載王總並送兩個小孩去學校，可憐哪小孩睡不飽就在車上補眠一程，然後再去山下接胡董。這時，台北城完全醒過來了，活力若歇了一暝的泉水湧出，經驗的累積，他掌握將近十個的定點，一趟接一趟，免去了跑空車，之後中晝休息，晚時再出發賺夜都市的粉味錢，蜂腰長腳，屁股一挪入，就是一陣嗆鼻香水。走業務的最好認，總是西裝白襯衫。不定時的久久難得載得一位奇人，身軀輻射出令人沉靜收斂的電波，後視鏡瞄到他腮邊或項頸有胎記，疊著車窗玻璃上的樹影。經驗之二，他開車穩當，後座乘客更當他是隱形人，遂讓他專心聽話語辨人，股瘋那兩年，一日聽來的明牌若眼前幾座金山銀山飛來飛去。唯獨夫妻間的交談沒來龍去脈可抓，年紀愈大愈是禿頭句子。最可惡的莫過於阿本仔桃太郎喝醉了有辦法無聲無息的尿了一車。

陳桑身體勇健，天再冷還是洗冷水澡。他說，感覺自己氣血猶然飽足的年歲，但是心裡知道，就撐那幾年了，一交子夜，目睛開始澀，冷氣吹膝蓋開始若石灰岩皴裂滲水。收車前，club前載得一隻貓，腳長蹬五吋高跟鞋豹紋絲襪，將一隻三分醉西裝豬哥收伏得乖乖，頭若紅嬰仔埋在她胸前吃奶。受不了那粉味與臭酒味，他搖下兩指幅車窗，安全島一排大王椰子，夜雲拖掃帚一長條，粉白的。在昨日與今日的交界，他感到時間比車速更快的向前衝，帶著金屬的辛涼，然而他沒有軟弱，因爲做了這一日該做的人事。

小兒子的卡通影片裡，海盜的小時玩伴嚷，「黃金會微笑嗎？」她看著陳桑的車金黃，確實有笑意。戴草帽的橡膠人的手腳拉長再拉長，衝上雲霄，再笑嘻嘻彈回到原點，若像坐陳桑的車。

一趟趟的奇幻旅行，她彷佛也神力附身手腳拉長升到半空中。陳桑攤開地圖，邊開邊解釋，環繞台北城的淡水河基隆河新店溪，水上飛龍走蛇大橋，不論何時，四界罩一層厚厚的骯髒的茫霧，日頭穿不透，所以即使午時已過，儀表板上的秒針小精靈的閃爍，兩人都對時間無感覺。老鼠色的水鳥張開弧形翅膀，輕鬆的穿過那澀滯大霧。陳桑的車果然是一塊金，在稠膠液態那般的下午時光無目的走闖。高架道路的護欄反映的強光太烈，大樓也給曬得泌著金澤的淚，然而稍微轉頭看下去，部分見底的荒枯河牀，恍惚有人或野狗，挖翻沃黑的淤沙。

半空中高架道路割開了陰陽兩面，車子滑過了一個大彎，路面下潛，眼前一涼。

進入盆地，更往地底而去，陳桑帶她去了大賣場。

頭一次去陳桑家，捏著一紙地址與路線圖在巷弄裡轉了幾圈，愈走愈急，若鬼打牆的還是回到一間玉什麼宮前，血淋淋大紅圓柱，一小格一小格光明燈的燄苗疊成千眼寶塔，煙燻的昏暗裡唸佛機嚶嚶嗡嗡，突然看清一大叢桂花枝葉後有條通道，閃身行入，日頭斜切出陰濕與陽光，雀鳥噗的飛過，潮黑磚牆上頭晾著三角褲與花棉被，桂樹葉一小片一小片，又轉了兩個彎，看見一條旱溪，才找到那扇不鏽鋼大門，門後音樂聲。

登上二樓，好大的客廳，影綽綽三拍一轉的跳舞的人影，令她眼花。客廳是同層連棟的兩家打通了，地上鋪四十公分見方的奶白色瓷磚，牆上三十度角俯吊著一橫排數面長鏡，鏡面對角畫牡丹鳳凰，一隊隊的舞進那層層的複瓣與羽毛裡，而向陽垂著一層薄紗的窗戶漫進湧著塵絮的日頭，幾大塊光影從地磚又折射到鏡子再粼粼的潑出，滴水入油鍋那般，音樂裡夾著沙沙聲，舞得一客廳是青白煙霧。

角落一棵滿紮著紅滾金邊蝴蝶結的發財樹，果然傍著一台老骨董腳踏車，周身的骨架鏽黃，若像海底浸泡了一百年給打撈起。

等舞影定下來，十幾雙眼睛向她聚焦，但他們汪著汗的太陽穴、鼻翅與人中還怦怦的踩著拍子停不了。覺得他們就像八仙桌前的大紅大綠金蔥銀片織成的繡帷上的仙人奇獸，暫時跌下凡間玩一玩。

日後她一一認識他們分別是菜市的雞蛋妹、豬肉榮，退休的黃老師夫婦，丈夫台商或處於空巢期的許媽媽鄭媽媽林媽媽，夜市賣鞋周，直銷羅，保險張，麵條李，客家小炒邱。

一組龐大笨重的咖啡色皮沙發，圍著一大張好多瘤結幾乎成了精怪的油亮樹根桌，一整套茶具，瓦斯爐座一圈蓮青火瓣嘰嘰笑著。陳桑腆著肚子逐一檢討哪一隊姿勢不對、節拍踏錯，「項頸轉動就要滑溜，不是紅面番鴨，硬霸霸。上回薑母鴨你囫太多了啦。」眾中最幼齒的雞蛋妹蹲著幫他繫妥鬆了的鞋帶。

屋子縱深，兩家牆壁更開了個月洞門，通往幽深那邊，這一邊日本風的黑漆描金櫻枝屏風後是紅祭桌，桌上神主牌、若紅卵的兩盞長明燈、香爐、一副杯筊、酒甌壓著飄飄的黃色符籙、一捆青碧若假玉的觀音竹，一大幅紫竹林觀音圖之下更有數尊神像包括福祿壽三仙，或咧嘴大笑或銅鈴眼或身盤綵帶，供著兩盤水果一盆糕餅。

左邊通道，不時人影噤聲進出。好像，光陰愈往裡走愈慢，神鬼在上，最好躡手躡腳。轉進是廚房，總是在烹煮著，略微火光忽隱忽現映在那牆，成了古老洞窟。練舞結束，圓桌上總有一鍋仙草或愛玉、紅豆、綠豆，或紅心番薯等著他們。

多來幾次後，認得那躲藏的陰影是陳桑兩個大姊、外甥、外甥女，然後牽藤出外甥女婿、外甥媳婦、侄子侄媳婦與各自的稚齡兒女。

屋內更還有一個。那次上完便所，「姑娘啊，姑娘啊~喂，來一下。」一個好蒼老、讓她起雞皮疙瘩的聲音從甬道底飄來。推開門，暗沉沉，紅木眠牀上窩著縮成紅嬰仔大小的人乾，瞇眼露出一點光。那眠牀顯然是骨董，有牀圍與頂蓋，牀腳厚敦敦雲頭狀。她聞到好熟悉的布料堆積太久的味道，果然，牀的一半與櫃子上一疊疊的衣服。人乾伸來一隻雞爪手，她握著，皮包骨涼颼得很舒服，「我興仔阿姑。妳興仔女朋友呵？勞力給我翻一個身。嗯，對、對，扶腰椎這。妳手放，不要緊。姑娘啊手眞巧，跟我以前做姑娘時眞像。」她感覺得出她的皮肉老籐椅那般的潤澤。人乾趁著她俯身想要看清她，卻無力撥開眼翳，眼仁像萍藻下的游魚，只呼出一口不是腐臭但灰茫接近死亡的氣風。房間內只有一扇窗，窗簾拉緊，隙縫有光微微。她眞想打開窗放進正午日頭，看看人乾會不會唉呀一叫變一陣煙霧蒸發。但人乾撫摸著她的手，咕咕噥噥，魚吐水泡，漸漸就好像睡著了。她鬆開人乾的手，奇異的感覺那是一隻壓死了時間的針不讓它走動的手。

講起來，陳桑就目眶紅。大外甥高工畢業後除了當兵兩年，一直跟著他住，他牽手死得早，乳癌。出車禍那天中午，發爐，一小時後接到電話，趕到醫院已經晚了，胸口還溫溫的，他附耳叫名，大外甥眼角流下淚水。對方超速，飛過分隔島來對撞，車頭全毀。事後諸葛一個一個懺悔，大姊目屎漣漣流的講，七月時廟裡師父特別警告要顧好厝內大小的頭殼；大外甥媳婦講前一晚無緣無故玉鐲子斷裂兩半。三歲的後生阿博壞習慣還吃奶嘴，常在客廳趴著午睡，手一指，講阿爸在那。幼囝仔目睛最靈。他就多點一支菸，倒一甌茶，在大外甥坐慣的座位前。無人話語的下晝。

看妥時辰，遺體運回故鄉燒，中部平原，公墓火葬場四周開闊，遠山只是淡影，有雞啼，聽著又實在又荒涼。煙囪正冒著大外甥燒出的煙，那煙紋在天空中一成形隨即散了。稍遠的田地矗立起汽車旅館與KTV，大白天廢棄一般沒生意。到了下晝才燒完，闔家族都到了，他跟著侄甥年輕一輩的進去，一整副象形人字的灰白骨骸，熱騰騰。看著那眼窟與嘴坑，他極大的震驚了。電影看過，核爆的極強烈風暴將活人皮囊吹融剝去，眨眼間只剩骨頭。筷子夾起第一塊，他回過神，平靜想到這副骨骸若像晚時的星象排列。死去的親人，其實，不會離開這片土地。傍晚就開車上北，省道的尤加利樹一團團暗影。

美式大賣場風行多年，這一家挑高得讓人想插翅飛上空中，貨架以非字形排列，若進了鯨魚腹肚內，兩人沒有購買慾的閒逛與瀏覽，新品牌、新產品或換新包裝、促銷附贈品統統拿起看仔細，一起研究得喜滋滋，嶄新的塑膠材質在手上有著喜悅的觸感，掂了掂重量，放回去，走兩步回頭一瞥。試吃試飲的一個不漏，陳桑總是很周到的回答感想，和銷售人員自來熟的開講起來。避免像第一次被指著叫「你太太」，她刻意拉開距離，聽到陳桑問起那少年人月給多少，她向前行，鑽進餅乾糖果區，眼睛一亮，最底層一格堆著一大包一大包的麥芽糖紅話梅夾心，四叔，她心想，拾起一包回返去給陳桑看，卻不見人影了。以爲走錯方向，轉了一圈，連那銷售員也收攤了。地磚冷冷的光，只好一條條貨架甬道的去尋，幾十台電視的畫面牆，一律一張女人濃妝大面報新聞，日光燈太亮照得眼睛發澀，她愈走愈咻咻喘起來。冷凍櫃裡盒裝帶血的牛羊豬肉骨，睜大的魚目，蜂窩格目的牛肚與豬心豬舌，冷霧瀰漫，萬人塚那般。陳桑坐久一起身，膝蓋總是喀嚓一響。兩人都了解，留給他們的時間其實不是那麼多了。早上醒來，想到今日是去陳桑家，身上通過一陣又寒又熱的氣流。一個人，煮飯、家務能省就省，經過那個玉什麼宮前，心虛低頭，踅入窄巷子裡的一段路，夠她反省起小學國語課本裡唱歌玩樂不做工一夏天然後餓死凍死的蟋蟀，插圖是白茫茫大雪落在樹林，螞蟻的樹洞一圈好溫暖的光暈。

看見了，陳桑是去上便所。

電扶梯的履帶將他們送上餐飲部，若像辦家家酒的擺一桌的紙盤紙碗，兩人維持禮數，表面各買各再一起分享，但買的都是對方的口味。陳桑進食專心，嚼食大聲，一點辣就額頭冒汗。練舞時手一搭，他手心燒烘的一團陽火好旺。

陳桑講趣事，廚房後門一眼望穿後面鄰居，已經讀中學的查甫囝仔開著浴室門洗身軀，一邊與他阿母講話，脫光光晃，皮肉白皙皙。中年的阿母很有韌性，在家自製糕餅點心，廚房煙蓬蓬，嘴唇畫胭脂，胸部凸凸，母子倆講講就冤家囉唓，兒子捏著拳頭對著伊耳孔嚷，足足高出一粒頭。

先是二姊與外甥女看見，吵得隨時會拿刀的樣子，要全家來看戲做人證。他看得心驚膽跳，簡直是夫妻鬥嘴鼓。

兩個大姊惜物，將家鄉舊厝灶腳的物件差不多都搬上來，塞得滿滿，包括謝籃、碗櫥、桌罩、烏心石砧、麵龜模子，壁虎也跟上來。兩人輪流煮吃，爐火隨時在燒。大姊女婿肝與胃都不好，吃中藥調養，可以放一個紅嬰仔的大鍋一燉就得兩日兩暝，甘甜的一條雲龍繞屋子一匝。廚房的物件都是年深月久手澤的滑溜與油膩，兩個老阿姊，長姊如母，一見到他就端上一碗，「吃喔，吃喔。」然後蹲在瓷磚地上，岔出兩個骨稜膝蓋，整理著一箱又是誰運來的舊報紙包著的青菜蔥蒜或是一隻土雞。

大姊右腳後跟削掉了一塊肉的畸形，他記憶深刻，囝仔時，前暝落雨的一早，他跟大姊去挖竹筍，竹林昏暗濕重，她突然蹲落，叫了聲蛇，磨得冰亮的鐮刀往腳後跟一削。

陳桑與雞蛋妹最近且結拜稱兄妹，他笑了，眞走在街路，十個有八個認爲他們是父女。在客家小炒邱的餐廳請了一桌，他送了金鍊子。雞蛋妹臉長長也像雞蛋，衫褲總是金鑠鑠，灑著金銀粉，牛仔褲也要釘亮片。才在社區大學學魔術與調酒，愛現，大家面前擺了兩盒雞蛋，赤腳踩上去，蹲馬步。尖聲叫著：「沒破，沒破。」雞蛋妹與許媽媽林媽媽同來遊說，堤岸下的社區公園週末有軋舞，我們也應該去湊熱鬧，練那麼久總要展寶一下嘛。三隻雀鳥繞著他吱吱喳喳，去啦去啦，一定要他答應帶隊參加。

「妳也來吧？」陳桑講。

她抿嘴笑了。他不知雞蛋妹早拉著她去探查過了。樹影婆娑，垂著長條的碧青莢果，水泥地上一群人，擺手扭身，兩個裝滑輪的黑色巨大音箱旁，摺疊椅、小方桌，不跳舞的圍坐著泡茶吃點心。一大姊頭模樣，戴上一雙白手套翻飛掌影耍寶，哇啦的講她的舞場遊歷。公園那頭，鐵片鐵管糾纏成好醜怪的裝置藝術品，有小孩藏在樹幹後拿著鏡子朝這邊反射日光一晃一晃的玩。

太陽篩過葉縫，又暖又香，而路上有車，街上有人，有一層層樓房。音樂一換，一堆女人嬌笑一聲，各自瞄準目標，搶得男伴，列陣就位，臉容一正，一手捏著裙襬，腳不離地的左右搖了四拍，自轉一圈，媚眼一拋，牽手快步向前，再回身向男伴。大姊頭戴一頂水鑽后冠帶領著跳得歡喜極了，那一雙雙腿若一整竹架的菜瓜苦瓜瓠仔。

茫茫大雪紛飛之前，一群唱歌跳舞的歐吉桑歐巴桑蟋蟀。

陳桑看她笑得曖昧，多肉的手在她眼前一揮，「回魂喔。」

她跟著舉了右手一揚，反而被他一扣壓在桌上。

遲疑了一會兒，她耳朵略略燒燒，才將手抽回。心跳得若蝴蝶在拍翅。

他們來大賣場的時段都是生意清淡的下晝，地底世界的陰涼，更深處似乎有空調引擎運轉，低頻噪音單調傳來變成催眠，整層懶洋洋的，按摩店的索性趴在那特製的若刑具的椅子上。稀稀落落坐沒幾人的座位區，不遠處一個浮腫的孕婦楞楞守著一推車的物件，一個頂多三十多歲的父親陪小孩下圍棋，滿面鬍鬚，腕上的蜜蠟天珠大如貓眼。

那一間間店面，雖然沒掛起午休的牌子，也夠低迷了，端著托盤的顧客面無表情，若捧著一盅孟婆湯。上下樓層的電扶梯由履帶運送，她環顧那動線，一圈圈的輪迴。

大外甥的後生九歲了，很安靜，下課自動寫功課，縮在沙發一角看電視，陳桑講，他會偷偷看人，那眼神不是一個九歲囝仔應該有的。她突然預感小兒子不會回來了，兩地時差兩點鐘久，那裡一年到頭陽光普照，小兒子相信在彼處可以找到會笑的黃金。

二姊，陳桑講，跟了新師父，不願給他知道討罵，但外甥女一五一十講，這個仙姑確實厲害，正派，絕技專治腰椎的毛病，喝聲跪落，拿一柄桃木劍在痛處斬戳挖鑽，若靈通知道該人不孝，舉腳就踹。外甥女煩惱，去仙姑處單程將近要一點鐘久，都是她負責接送，她老母下個月起想一禮拜去兩次做義工，她問陳桑，阿舅可有興趣也去看看？

不問蒼生問鬼神，大姊轉述二姊的話，仙姑講兩間厝當初打通是大凶，必然有乾綱要折損，而且是少年的，但是劫既然過了，就算了。大姊既不是翻舊賬，也沒什麼情緒，單純講一樁奇聞給他聽。

看著她無言扁癟的嘴，他還是覺得淒慘。日頭將窗邊的發財樹與那骨董腳踏車的影子拉得肥短而且墨色飽足。那年入厝，照鄉下的禮，請辦桌的擺了六桌，鄉下的親戚全來，他酒醉到第二天十一點才醒，舌頭還大著，鬢邊咚咚鼓痛，客廳那麼敞亮，若瀑布的日光滔滔的湧著，他走近才看清楚兩個老姊妹連體嬰那般笑咪咪，嘴裡的金牙閃爍，他一時還分不清誰是誰。兩人相爭講，昨半暝同齊夢著這客廳煙蓬蓬若仙境喔，紅祭桌上的神明都下來，綾羅綢緞，鏗鏗鏘鏘，叮叮噹噹，個個歡頭喜面。姊妹倆併坐在沙發，矮，又暗又藍的衫褲，一樣的髮型，一樣的包鞋，若一對陶瓷人偶。大外甥醉得捉兔子，還醒不來。日頭眞是溫暖，高高張掛的八仙綵映照出太古那般的紅光。

陳桑回味，那時候看著自己獨力打拚出的一切，有著若浸在一大桶燒水的幸福感。

她遺憾沒趕上那段時光。

二姊初一十五吃素，一件海青洗了掛在廚房後露台。大兄的後生這一年多往來得很勤，變得很親，無師自通會彈電子琴，常跟著二姊參加法會、助唸，很伶俐，什麼都肯做，對民俗療法特別有興趣，敢親身去試，療效一樣樣講給他聽。二姊比著，這樣長的針插滿滿一頭，眞好膽。

這侄子上禮拜講，朋友妹妹上北參加歌舞比賽，可否借住一晚。居然成群來了五個，撲鼻一陣香風與亮光，其中一個還是姻親，只好客廳打地鋪。全都不生分，眼白無一條血絲，一看是現成的排練場地，行李打開，著裝彩排。已經高得像螳螂，靴子還那麼高，衫裙又緊又小，露的比遮的多，也不遮掩的一再調整胸托。大姊講笑，明早浴室恐怕不夠用，要不要去買幾個尿壺。

早上他出門，不能不看見青春無敵的五具小女人的肉體，雖然隔著屏風，窗簾拉上，迷迷晨光，五個睡沒睡相，甚至仰張著鼻孔嘴巴，嘴角流著夢涎，但手腳腹肚，坦蕩蕩一片雪白脂粉，生鮮得衝鼻，簡直是一隻隻的小妖精。

無法控制的，他察覺腹肚下閃過一波顫慄的暖意。

今日早上的事，她都不記得了。或者應該說她分不出和前天、昨天、明天有什麼不同？織了拆，拆了織，她突然想到年輕時的本領與手藝。

陳桑方才蓋住她的手還留在那，達達敲敲桌面，笑笑講，雞蛋妹想軋舞，有氣魄就找這五個小妖精比輸贏。

小妖精。反客為主的，她伸手蓋住陳桑的手，不讓再敲。

蛇郎君的民間故事看過嗎？她問。蛇郎君帶一大陣人去迎娶，要過夜，女方煩惱如何安排睡覺地方，蛇郎君說院子放幾隻竹篙即可。天亮一看，竹篙上掛著一條條蛇。

有那麼一瞬，時間是絆了一跤，她以為。那些電鍋油鍋蒸籠冒煙的廚具，戴白帽圍兜的工作人員，集體的打瞌睡，不想再醒過來。

陳桑將車開上了陽界。白光下的地面，正午才過，悄悄的，若被滾水燙過。車子上高架橋，視野大開，很遠處怎麼有一道烽煙直上青天，更有一座若琴弦那般的橋。陳桑換檔，車速加快，外側機車道流星那般的機車呼呼的追，騎的人鼓成一隻河豚，一個紅條紋空塑膠袋啪的翻到天上。河懶懶的出海，河灘上有著若蝦米的釣客，戴著斗笠。

這一次，她講出卡通影片橡皮人的故事給陳桑聽，因為日頭正在眼前，刺眼的染出那個幻象，陳桑與她正航向世界的盡頭尋找屬於他們的神奇。

當鐵鳥在天空飛翔，當車馬在大地奔馳，當人們在地球上像螞蟻搬遷的時候。

蠹魚的下午茶時光

幻時間

「茶袋可以給我嗎？很可笑吧要這個，但我的觀念，這跟上餐廳打包剩菜是一樣的。我們的羞恥感被消費力篡位了，任何減少消費的行爲是可恥的。是幫我老婆要的啦，她用來資源回收敷眼睛，據說可以防止四周細緻皮膚的老化，消除熊貓眼。確實是婆婆媽媽到極點，但我幫她統計，看到底要敷幾百個才見效？如果沒效，那就給我去一次制服店，錢她出。她就是那樣，專門蒐集生活小偏方包括醫療保健、養生啦、衛浴廚房、園藝的資訊，並且身體力行，十幾大本的剪報，分門別類。莊子說，道在屎溺。有一次，她哀傷的告訴我，怎麼辦，都沒有新東西了。唉，可憐的老女人。我們生第一個小孩，她得了產後憂鬱症，輕微的，她就靠剪報、蠶食瑣碎知識轉移注意力轉化情緒。

一做二十年，人生能有幾個二十年？每天三份日報、兩份晚報，我們自己訂的有兩份，其他是左鄰右舍看完給的。她從油墨味中抬起頭，居然泛著淚光。『沒救了，』她說，『全都是在炒冷飯，互相抄來抄去，世界怎麼變得這麼糟？』夫妻同牀異夢，我倒不覺得糟或不糟，我們的世界本來就是被 format 得一個坑塡一個蘿蔔，一年四季加上中西節慶，固定的什麼時候到了就上什麼菜，不管菜色怎麼變，其實食材都嘛一樣。重點在菜色要變花樣。我記得有一年年底，從東協、到底是印尼或越南我忘了、進來一種廚廁用的天然洗潔劑，經某大學的實驗室的研究證明，也能洗掉蔬果的殘餘農藥，那陣子她因此好快樂，整天花心思忙做菜，還興致勃勃的去學醃泡菜、做水果醋。這類的事確實漸漸的沒有了。她的焦慮我懂，我本身是念行銷的，簡單的說就是，賣場、貨架上的商品總要維持起碼的新增汰舊比率，即使A牌洗髮精只是換了包裝變成B牌，其實內容成分都一樣，那也表示有在動，所謂流水不腐。如果這一切停頓了，你想，是不是意味著什麼可怕的事情發生了？我記得去年才被廢掉的證交所，某個新朝新貴的董事長一上任發現所裡在過去十年沒進用過一個新人，他嚇壞了，說了句名言，沒流動率就沒效率，連納骨塔都有人口流動率呢。可怕的事情已經發生了。我老婆跟我都作了相同的噩夢，我們置身於好像蘇東波垮台前共產國家的國營事業的門市部，櫥窗玻璃櫃裡架子上只有一種肥皂，一種罐頭，一種瓶裝沙拉油，好大的店，看起來像個並不複雜的迷宮，卻怎麼也走不出去，櫥櫃無止盡的平行的延伸，偶爾上面會出現一坨大便一樣金黃色的什麼，我們給吸引走近一看，對不起，果然是一坨大便。她非常憤怒的，我老婆，指著攤滿滿一餐桌的報紙，有些腐爛味與蟑螂味，她抱怨，才在上一季出現過的辦公室瑜伽術、毛巾操、姓名筆劃算財運，這個禮拜又統統登了一遍。很舊的資訊了耶，乾脆登推背圖、燒餅歌算了。更過分的是他們完全沒羞恥，無所謂的A報抄B報，B報抄C報，C報又是抄兩個月前的A報。你會看星座本週或本月運勢那種東西嗎？我老婆好早好早就發現那是以一年為周期在重覆，這一星座的這週或這月的運勢分析，今年跟去年的相似度高達百分之九十五，一些無關痛癢的字眼換一換，譬如小心換注意，桃花換異性緣。我念研究所時曾經在報社打工當校對，不到半年讀到三次一模一樣的新聞，『蘆洲賓士轎車數量居全國之冠』，還都是同一個記者寫的喔。那家現在已經沒有了的大報，校對員集中在籃球場似的一層樓，藍螞蟻兩人一組，一個逐字逐句唸，一個逐字逐句校，所有的人再分成兩大隊，把當天的報紙再校一遍，互相抓包，錯別字、漏文、錯文，當然是抓到的有獎金，被抓到的要罰錢。那便形成了一個有趣而怪異的空間，一片嚶嚶嗡嗡的朗讀聲，每人拿著一張紙，眼睛專注的吃著一個一個的字，神經質的更拿一把尺壓著輔助怕讀漏行了，像不像蟻窩或蜂窩？一整間集中營也似的辦公室，有兩扇成犄角、空氣不對流的門，油墨味、餿臭的紙味、印刷機器的生鐵腥氣、廚房大鍋飯菜蒸炒到令人反胃氣味風暴，隨著門的開闔噗的湧進，讓那集體勞作的場景有種強迫症的慘傷。第三次讀到那條新聞，我突然頭暈了暈，焦距模糊了，déjà-vu，一縷舊日的鬼魂複製成兩個影像在眼前飄過，嚓嚓磨著眼角膜。『只發生過一次的事，等於不曾發生過。』一瞬間，我發覺我的手在發抖，好像那個大蟻窩裡只有我是唯一的活人，肚臍下方一寸暖烘烘的有塊什麼膨漲，湧起，如果『精神』可以具體化，應該就是像水母那樣游啊游的竄升到腦門，我的靈魂甦醒了，可悲的是我找不到出口。大報在風光的時代，陸續的擴建辦公大樓，好像自體繁殖，樓與樓間建空橋，你如果對那張玩弄視覺與空間魔術的畫有印象，你就知道我的意思，有好幾道樓梯看似規則的通往四面八方，仔細研究才發覺是個斷裂、錯置、破壞邏輯的非線性思考，目的，被拋棄了，任何認眞的設定一個點前往的必然落到鬼打牆的荒謬虛無之境。上下班我們老鼠般的在電梯、樓梯與空橋、甬道、走廊鑽來鑽去，分不出今天與昨天與前天有什麼不同，一切似曾相識。無意義催眠似的朗讀聲中，糞坑裡的白蛆那樣的抬起頭。辦公室禁菸，自然而然的有一處空橋成了吸菸區，玻璃窗都給污染得結出一層煙垢，如果下雨，雨聲逗逗逗，洗得那窗更是骯髒。雨下大了，海底隧道的感覺。夜裡封閉空間的雨聲，有著磨人欲死的悽愴。靈魂拉著我抬起頭，我抬頭，是有那麼一個黑盒子，寫滿字的紙條不斷的塞入，我們蟲子般的啃著啃著。到了我們這年紀，往回看，很難說那是不是一種無知的幸福。你知道報社怎麼送稿子的嗎？最原始當然是靠人力、腳力，工友跑來跑去的送；終於建立一套輸送管路，稿子塞進一個塑膠筒，放進發射槽，按個鈕，巡弋飛彈來了，動力射到另一個部門。樓層間或樓與樓間的輸送管路像腹腔內的大腸，守著那小門的職員國字臉肉橫著生，挺像拳師狗，守著地獄之門的三頭犬？抽菸的人裡頭有個中年人，相當陰沉，額頭的髮線後退成一個麥當勞、大寫的M，眼神又利又冷，一手夾菸，一手轉著兩個鋼球嘎啦嘎啦。是個練家子，大家都這麼說。他總是臉幾乎貼著玻璃窗，腰桿打直，嗶啵的每一口煙吸得很長很足，想必懷著什麼不共戴天之仇。那幾年正是黨禁報禁解除，工會也開始玩眞的，那次退休金年資基點的認定抗爭裡，社裡幾個帶頭的尤其激進，發動在大門口靜坐阻撓出報卡車，跟走資派保皇黨的爆發了流血衝突。鋼球人被打破頭，血流半邊臉，照片登在另一家大報。那晚上班時大家偷偷傳閱那張報紙，氣氛有些躁，喔，原來大俠潛伏那麼久是這樣的角色，頭殼居然是他的罩門吶。唉，一屋子沒出息的藍工蟻。銀湯匙敲開蛋殼。一開始，我以爲是騎摩托車颳了太冷的風，大腦記憶體有個區塊因此受損，產生幻覺；那條新聞又來到我手上，『蘆洲賓士轎車數量居全國之冠』，經過大腸那般的管路到末端像排泄物或者就是一坨大便。我捧著它確實是撇條。要等到許多年後，我才在一本書上讀到令我釋懷的解釋，『活在名字之下、土地之上的諸神，已經不發一語的離開了。』我應該將這行簡化對我老婆說，在文字下的諸神已經離開了。離開了，肥沃的土壤變成了鹽磧荒漠，樹上結不出果子，樹榦流不出汁液。希望她能夠理解。能夠，是她的福氣，不然我也無能爲力。不是說佛國淨土無有女人嗎。

「『(而) 我是俗麗且難以居留的現前的一名囚徒』——」

「什麼？聽不懂！」

「『我是俗．麗．且．難以．居．留．的．現．前．的一名．囚徒，這時，一切形式的人類社會，都已經到達．其．循環的極致，再也無法想像．社會．可以有什麼新鮮的形式。』

「你小時候養過蠶嗎？我忘不了那段被餵食字紙的日子，不至於形成黑暗中的心靈創傷，或許有而只是我自己不知道。當我們跋涉過夢的絲路，回到童年的城市，在那清新如花露的空氣裡，隨手一撥都是沉澱在歲月底層的精華，因爲長久的時間裡，我們鍊金術士或鐵匠那般冶鍊敲打它千萬次了，磨滅了所有不義的渣滓，那是光榮的秩序之城，每一片葉子均勻的分享日光，我們曾經珍愛的物件藏在花苞裡，根莖通往地底的甘泉。我們來到生命中的輕盈階段，如同吃了傳說中的躡空草，翅膀拍動的聲音匯成了氣流。魚鱗雲，馬尾雲。但是我們必須遵守不得駐留的規定。轉過扶桑花吐著花蕊的街角，大屁股的婦人牽著黑豹還是黑狗，屋簷下飄著快乾了的衣衫。遊樂場出現了，旋轉木馬，綴著小燈泡的水晶摩天輪，大帳篷上數不清的三角旗像鋸齒鎩著天空，穿緊身衣包住性徵的空中飛人。在歡樂的氣氛中，我們將見到每一位親人的童顏，再給你一次機會記下他們流轉的表情與笑容。此外，我們還得學習一件事，一樁心智的技能，將哀傷像風箏那樣的放出去，只一根細線牽繫著。在心臟裂開之前，快走，趕快去衰老邋遢的巨人看守入口的鏡宮，那幽昏的魚腹似的所在，清涼的，以菊與牡丹花瓣的複式序列安座高級屋頂的鏡子，複製的邪惡力量將席捲一切，在被肢解成爲碎片之前，你我及時發現，那是矽晶而不是用水銀塗抹或銅片打磨成的鏡子。」

「『我有時候會覺得整個世界都在硬化成石頭，這是一種緩慢的石化過程，儘管因人因地而有程度差別，但無一生靈得以倖免。』

「我也還你一句。

「我要講的是我父親的故事。我可以轉述嗎？這算不算掠奪呢？我可以代替他嗎？還是我要這樣安慰他，我在就是他在，我的轉述就是對他的召喚。

「他六十歲的時候，舉辦了小學同學會，之前籌畫了整整一年呢。同學之一作貿易，跟秋茂園捐贈者有類似的背景，負責聯絡住名古屋的老師，都八十歲了，也答應來參加。小學還在，在中部偏僻鄉下，校園好多老茄苳大榕樹，夏天蟬聲吵得嚇人，近海邊所以太陽下土裡閃著鹽的結晶。我父親的日文教育只受到小學三四年級，五年級開始躲米國飛機的空襲，根本沒辦法上課。那日本老師雖然比一班學生大二十歲，卻不顯老，大概眞的是上幾輩日本人平日多吃海產的關係，很有返老還童的樣子。那麼一群歐吉桑歐巴桑聚在一起，滿有趣的，讓他們都將假牙拿下來放一堆就是個奇觀。母校參觀完了後，當然就是就近到小鎮的餐廳吃一頓，大家散步去，一條人龍，背後望去他們那姿勢鵝行鴨步，我看到的是每個人流浪漢、垃圾婆一樣的把所有家當帶在身上，在這趟回溯之旅每個人都擁有、記載著一系列的事件，年月日的時間紀錄如果是一條條的軸線，他們那一天的會合，是將各自的時間匯聚、紮成一條粗麻繩，捆綁他們的過去，像個包裹的拉出來。活著眞是一件神奇的事。那天他們講得最多的句子就是『你小時候』怎樣怎樣，我是旁觀者不免疑惑，記憶中那個十歲的小學生跟眼前這個身體已經變形的歐吉桑歐巴桑眞的是同一個人嗎？到底有什麼是相同的？其實從裡到外、從有形到抽象是不同的部分遠遠超過相同的，不是嗎？如夢如幻月，若即若離花。

「自己的父親，天天看，不會有這樣的感覺。

「我父親喜歡說兩個小故事。他初中畢業就沒再升學，家裡窮，底下七個弟弟妹妹，做老大的是要犧牲，第一份工作是在小鎭的米廠，做雜工吧。米廠的屋頂好高，才放得下礱稻穀的機器，碾米時轟隆轟隆簡直是隻大恐龍，兩個出口一邊流出白米一邊米糠，像瀑布。你知道米倉裡什麼最多嗎？老鼠。將竹子的節都鑿穿了，插進米袋，一隻隻溜滑梯的掉進麻袋，一抓就是一麻袋，丟溪裡淹死。偏偏我父親是屬鼠的。有個天賦異稟的老長工，沒有手錶，人家問他時間，他定一定想一想，就答出幾點幾分，神準，若有誤差也從來不超過三五分鐘。不管是白天黑夜或是晴天陰雨，所以不能說他是靠日照與影子的斜度在判斷。有一年中元普渡吃拜拜，大家密謀將他灌醉，剝光了只剩內衣褲，關在黑漆漆的倉庫的小房間，再用牀單被子將門窗蓋住，就怕走漏一絲光線，半夜叫醒考他，還是一分鐘不差。大家總算心服口服。農業社會的鄉鎭奇人，再神通廣大也是素樸的。我父親請教過他，他說他也無從解釋，就是一種靈感，好像口袋裡放了零錢，伸手一抓，有多少個馬上知道。『是天公伯賞賜的。』老長工這麼結論。

「第二個故事，我給它下個標題，小鎮的世紀大騙局。有個走江湖賣藝兼賣藥的雜技團，全省巡迴表演，每隔一兩年來到小鎮，在戲院前的空地搭起帆布帳棚，包下三輪車鄰近鄉鎮走透透廣播公演的訊息。我父親說那年特別蕭條，夏秋時來了個強烈颱風，災情慘重，雜技團連帶的也很慘，團員走了大半，最興盛的時候它還有不少牲口，儼然也算是個小馬戲班吧。三輪車載著放送頭這樣講，古早樊梨花移山倒海無稀奇，你看過時間倒頭轉嗎？最厲害的魔術師某某某證明給你看，若是做不到，保證退錢，再賠你白米一斗。米廠的人圍著老長工嘿嘿笑了，出於一種總算有人比你更高明的妒忌心理吧。言語一拱一激，在那封閉的鄉下，竟然耳語成為老長工與魔術師要鬥法。

「是中秋節前後，晚飯吃過就要睡了，街路很暗，露水很重，已經搭好的帳棚大放光明。你一定以為是印象中馬戲團有著環形劇場的大帳棚，對不起，頂多十坪大，帆布又髒又破，破洞中一隻隻小孩的眼睛，有個壞心腸的在裡面用手指去戳，懲罰那些看白戲的小鬼。唉呦一叫，有的忍不住哭了。我覺得比較像阿拉伯式的，族人中有一袋金幣失竊，聰明的酋長召集全族準備要破案，他說這是我的祕密，我的馬其實是一匹神馬，你們一個一個單獨進去我的帳棚裡，摸摸牠的尾巴，之後牠會告訴我誰是賊。所有的人都摸過馬尾了，酋長也跟神馬討論過了，他要大家排一列，伸出手——」

「哈，酋長就去聞那一雙雙手，他事先在馬尾上抹了薄荷油，作賊心虛的當然不敢去摸馬尾，手上沒薄荷味的就是嫌犯。我也有一個，新郎陪著新娘歸寧，丈母娘說廚房遭賊，少了幾粒白煮蛋。聰明的女婿要全家人集合，一個一個來——」

「漱口，吐出蛋黃渣的就是偷吃的。是小學三年級？國文課本有一課『聰明的叔叔』，福爾摩斯似的觀察入微，小侄子身上有馬毛，他判斷一定放學途中去騎了馬。那時候，誰家養得起馬呢？夢中的故鄉，夢中的帳棚，水煮花生、胡仁豆與菱角的攤子冒著水蒸汽的夜晚，我父親他們跟著老長工等著魔術師出場，等了半個小時，大家按捺不住開始鼓譟退錢，魔術師終於出面，擊掌幾下，問大家你們幾點幾分出門的？幾點幾分入場的？我宣傳幾點幾分開始表演的？那麼你們覺得現在應當是幾點幾分？好，請你們現在看看自己的手錶。核對結果，在場的人的每隻錶都慢了半個小時。鄉親父老們轟的又驚又怒，一起晃了晃各自的手錶，湊近耳朵聽，確定沒壞。老江湖的魔術師微笑的不再講話，表演結束了，這就是他讓時間倒退的魔法，過程比喝白開水還平淡，但沒人敢反駁。我父親他們看著老長工，唯一的王牌，別忘了他們認爲這是他與魔術師的鬥法，那曬黑而皺紋深刻、開口就露出金牙的一張凡俗的臉，我父親鼓起勇氣問他時間，他笑了笑，說，確實厲害。不能說老長工輸了，大家追問，到底是怎麼一回事？有較伶俐的，跑出帳棚去看附近店家的鐘，陸續興奮的跑回來。他們於是敬畏的看著魔術師，他那眼神銳利又閃爍。莫名其妙的愈是看著，期盼他能夠解開謎底，渾身就起了雞皮疙瘩。

「破爛、甚至結著一團團發霉的黑塊的小帳棚裡，黃黃的有些昏的燈光，那臨時圍起的鬆垮的空間，怎麼？我們要如何形容？空間可以被物理性的分隔，但時間呢？可以像冷凍箱裡的冰塊，暫時凝固在一種狀態裡？愛麗絲的兔子洞，衣櫃裡的王國，桃花源，遊仙窟，我相信、我推測時間的行進途徑，想必有著乳酪塊上的氣孔，石灰岩地形的伏流洞穴，讓人窩藏，躲過時間的獵殺。

「雜技團、魔術師連夜拔營離開。空地上留下腳印、菸蒂、垃圾、油漬、鉛線、幾泡尿、車輪胎痕，小孩蹲著找有沒有掉下的硬幣。我父親跟著老長工一步一步踏著地上帳棚的痕跡，打樁的坑，重新理出魔法發生的區域。老長工的眼光落在遠方，腳步移動，在區域內外各自停留，沉思。他解不開那個如同宇宙的大謎，多麼懊惱困惑簡直螞蟻嚙心，天賦給他掌握時間的秩序、一絲不苟的本能被擾亂了。不由得想到摧毀一個樂天無爲的人的方法，挑戰他一個哲學命題：人爲什麼活著？死了以後如何呢？因此想得得憂鬱症的機率滿大的。」

「『我的靈魂在燃燒，因爲我想知道時間是什麼？』」

「多謝幫忙下註腳。戲院前的空地邊有一個防空壕，日曬風化成了一座堅硬的土堆，那時候節氣的感覺仍舊很濃，中秋節過後的早晚很涼的，我父親說老長工從此偶爾會或蹲或坐在防空壕上抽菸發呆，那時節的天空，很少的光害，很少的污染，臭氧層完好無缺，也沒有太空垃圾，仰望久了，神奇瞬間發生，你聽過、相信民間開天門的說法嗎？農曆九月傍晚開始，天旋地轉，嗨，銀河鐵道換軌道了，新的路線開通了，轉而有一種銀藍的亮度，液化的在流動，整大片星空因此傾斜，打開了，涼風瀑布那樣的傾瀉，襲捲，一陣無可比擬的宇宙風，個人不過是一顆微粒在其中浮沉。」

「那樣的天空非常希臘，即使螞蟻也會嘆氣說，哎，幸福的希臘人啊。」

「夏卡爾的夢。空地另一旁一棵幅蔭廣大的龍眼樹也被颳上去，倒懸。魁星踢斗。想必有另一個時空磁場如同一塊冰塊在魔術師到來的那晚光噹一聲掉下來，溶化甦醒的過程費時三十分鐘。時間差的答案。是誰鬼扯過，古希臘的街道直如箭矢，而且以直角相交。時間的箭咻的破空，我們要學一門技藝，比它輕、比它快，借力使力，一撥，讓它墜地，爲我停留。別誤會，不是刺鳥那樣以胸脯撲向荊棘，或者夜鶯染紅白玫瑰，也不是尾生那樣癡癡傻等給大水淹掛，當然更不是關雲長的不上麻藥把手臂上的箭頭挖出來，不是殉道，不可以。箭鏃有著鐵鏽夾著斑斕光芒，你讓它刺破手指頭，擠出一顆渾圓的血珠，有如一顆小行星。

「老長工拒絕再玩報時間的遊戲，他將心中那隻咕咕鐘的門關了，小鳥不再出來。三不五時還是有人問他，現在幾點幾分啦，你嘛講一下來聞香。老長工只是笑笑。

「唉，碾米廠老闆只有個獨子，娶的媳婦是我的小學老師，髮型像戴著頂德國鋼盔，很凶，總是臭著一張臉。我父親說，那是中部少有的雨水，前後下了一禮拜，小鎮氣候是地中海型，那樣的霪雨綿綿破了紀錄，路都成了泥漿，魚游上了田埂。夏天午後的一陣濕暖的風，我祖母就能判斷要落西北雨了，很快的大雨洗過的空氣特別清甜，飽含植物香。但那場雨餿掉的濕抹布包裹著小鎮，從早到晚，碾米廠挑高的屋頂迴響著雨聲特別清脆，人像潛在溪底，昏暗中閃爍著眼珠的碎光。大家擔心米倉發霉。赤腳農婦用扁擔挑著田蛙我們叫水雞、一隻隻草繩捆綁成一串來賣，腹部脂白色，煮湯好甘甜美麗呢。農婦跟老闆兒子說，頭家幫忙全買了吧，一放到地上，嘓嘓嘓的全叫了起來。鐵灰色屋簷的一排雨簾也盪漾著光。田蛙暫時圈在木桶裡，想著就嘴饞。整個下午特別漫長，沒有人知道爲什麼老闆兒子要在天光最昏庸時騎摩托車出去。我父親跟幾個工人在幫浦下殺田蛙，腥氣漫開，有幾隻生命力非常強韌，內臟掏空了還從木桶一躍跳出，還想逃命，幾雙鮮血淋漓的手去抓，在灰色的雨裡，蛙身黏液從指縫擠出。突然有一股令人嘔吐的惡臭。雨勢轉大，打著一鋁盆子都是田蛙的小小的心肺在呼吸抽搐。

「咕唧咕唧兩隻泡水的鞋跑進來。老闆獨生子在省道公路與一輛大貨車對撞，倒栽蔥摔進圳溝。辦喪事得知道死亡時辰，確定不了，老長工最後一次獻出他的神技，他從碾米機龐大的陰影走出，他看到摩托車衝進雨裡，心裡按一下碼表，沒有內臟的田蛙蹦出來時，碼表又按了一下，兩個定點間便是生死存亡的交界。

「老長工報出時間，頭一低，掉下淚，大家彷彿看到他就是那圈點生死簿的判官的化身。

「我父親說，不知道爲什麼，那一刻，他像提了一麻袋在米倉抓到的老鼠，肉匍匍暖乎乎的在蠕動掙扎，吱喳尖叫得那麼熱烈。那是生命的一個狀態，尖銳，無處可逃。牠們應該知道死亡的威脅正在進行，就要終結於那封鎖黑暗的空間裡。」

「你老婆好點了嗎？心病就要心藥醫，我找到了一句，說不定對治她的狀況有效。你聽聽，『所有的物化均是一種遺忘。』」

「嗯，值得試一試。我老婆跟你心有靈犀，她特地找出一則剪報給你參考，也是個希臘人發現的，莫頓周期，每隔十九年，月亮在天空的同一點出現，據此推論，梵谷畫作《初升的月亮》確實是發生在一八八九年七月十三晚上九點零八分。」

「我確實也讀過一位毛髮豐盛的大師寫他受邀參觀天文館，館方要了他的出生年月日時分，在天體模擬室用電腦、機器還原叫喚出大師誕生是日的天空。大師觀之，悲欣交集。」

「我老婆非常龜毛，龜毛到你會想用那個可怕的寓言，把一片葉子藏在樹林裡、把一本書藏在圖書館裡，整她。爲找這一則，搬出所有剪報，她記不得當初是歸檔到天文科學、藝術家、繪畫還是趣聞？趴在地板上，頭頂心一叢灰白髮往四周蔓延，眼袋浮腫，有些大概是給貓尿了，她捧起來深深一嗅，發神經似的笑。奧嘉呀，那隻貓的名，她都是這樣叫，嘀嘀咕咕自言自語一串。空巢期的老女人啊，好像、好像脫離了行星軌道，速度趨緩，慢慢冷卻。」

「那我就追加一個故事。

「這種故事是我父親那一輩被玷污被驚嚇的共同的少年經驗。中學的一個平常日，一上課時，荷槍實彈的憲兵開著吉普車闖進校園，穿著白襯衫的老師放下課本與粉筆，一言不發的被帶走，從此再也不回來。最後一課。那時候的我父親年紀太小了，無法了解事件背後的圖像，重點不在罪證可能只是幾本發黃、燒有菸疤而霉味的舊書，頁上的人名地名畫上私名號，或者是幾張鋼版刻寫的油印講義，重點也不是那書生樣純潔而熱血的老師、唉那類人早就在這個島上絕種了，聽到吉普車時，臉龐白熱化的空白與光亮。

「再見到逃過一死的老師，我父親已經開車環島賣味素跑過好幾圈，也穿起白襯衫，是經濟起飛年代趕著脫農入商的第一批廉價勞力，在城鄉間來來去去。他生平第一筆大消費是用他一個月的薪水買了一台有唱盤的電唱機兼收音機，跨出向中產階級力爭上游的第一步。走出小鎮唯一的大街唯一的唱片行，便看到那個老師瞪著立在店門口的大丹狗模型，瞪得如此專注，確實與時間脫了鉤了，渾身散發醃菜乾的氣味。他還記得我父親，『賴那個字還會不會寫錯？』他問，我父親寫字總將賴的束字邊寫成東，又問我祖母還幫人做衣服嗎。

「坐了十五年的牢，小鎮的人對待他的態度是相當素樸的，雖然大家不知該用神經病或是傻掉了形容他。」

「『所有的不適在（獄中）那裡都有了位置，所有傷心的聲音在那裡都有了場所。』」

「不要一廂情願的引喻失義。我就不敢這樣說，至少——每逢初二、十六，那老師會出現大街上，無所事事的東逛西逛。上個世紀曾有過的流行舞步『月球漫步』，放慢動作的節奏，產生逆時間而行的恍惚效果。我父親覺得他老師與時間有一種，嗯，以我的邏輯來說是一種錯置失衡的關係，所謂對花不必折，對酒不必飲。

「時間凍結在那個被捕的上課中途，手指上的粉筆屑末，手帕上的冷汗，包括我父親在內那一張張十三四歲男生驚愕茫然的臉。可以說那是時間的恩慈嗎，他以下半生去解凍，一個異常費時的過程。在榫頭還未接上前，世人不了解視之為瘋子、癡呆，以為他活體裹著包屍體的油布四處行走。

「約莫持續了一年，每逢初二，我父親大半出於好奇，小部分是念舊與善心，去找他老師。大街以菜市場為中心，上下蔓延出去民生必需的各種商店，搶在日出前，路上就有擔菜的灑下的水痕，冒著蒸氣的豆花米漿攤子，腳踏車的鍊條喀啦喀啦，或者電瓶摩擦輪胎發電點亮車頭燈。這樣的鄉鎮無從藏垢納污，它對畸零人口的容忍度相當低，偶爾有一個則被當作癩皮狗粗暴對待。大街的秩序是蜂窩螞蟻窩的清楚分工。偏偏我父親的秀逗老師學七爺八爺出巡，而且像拖著一塊大吸鐵，妄想將過去的破銅爛鐵吸引出來。

「一年有十二次的初二，沒錯吧。第一講，秀逗老師談他很喜歡的流行樂創作者服部良一，談一個士官長有個怪名字叫長珠佛。起舞的第一步，試探而狐疑。他懷疑我父親是抓耙仔。陽光普照的第二講，跳蚤臭蟲蟑螂的生存哲學，齊物論了那是。然後是海潮與季風，大浪捲起打上獨立有凹洞的礁岩，運氣好的話有海魚擱淺了，一撈就得手。然後是天空的表情，色彩，亮度，高度，層積雲，魚鱗雲，馬尾雲。第五、第六講，連續談了時間感的技術問題，如果連死囚在牆上畫正字數日子的意圖都放棄了，時間於我何有哉？聽著聽著就像溜入一池滑膩的溫泉裡。我們也知道，潛入深海到達某個深度的水壓將擠爆手錶；灌注熱水進保溫瓶，快滿水位就會發出尖哨聲。如果時間是最大最凶猛的體制，背向它算不算是挑戰？

「唐吉訶德與風車。那個當年在兩岸鴨子滑水當和平使者的話，更重要的是，下台的背影要漂亮。他的拿手好戲，空城計。現在我聯想到的意象是這樣的，老兄你聽好，面對時間的殺氣騰騰的千軍萬馬，索性撒手，背轉身去，虛空以待。

「秀逗老師家是鄉紳大戶人家，閩南建築的正廳外牆上有交趾陶，富麗的浮凸著廿四孝、八仙過海的民間故事，千百年的舊人舊事攤平了。廳前好寬敞的空地曬稻穀曬蘿蔔刺瓜，他左手伸在太陽下，大姆指與食指沒有了指甲，好像沒有五官的臉。一隻綠金蒼蠅繞指三匝，敗興飛走。他指向太白金星、北斗七星畏怯於日光隱而不見的天空，而高大的玉蘭花樹在記憶裡不分寒暑總是那麼的香。」

梵谷熱

即使閉上眼睛，它們還是留在我的視網膜，如同星圖。

「紫色的城市，黃色的星，天空一片靛藍，麥田裡有各種色調：古金，黃銅，綠金，紅金，黃金……。」

的確，這是梵谷所寫。他本人呢，一頭紅髮，一雙隨表情變化的藍眼或綠眼。

在給至親愛的弟弟迪奧信上，梵谷又寫：「我向達塞訂購了十公尺畫布，幾支顏料。我還需要：12支鋅白，大；1支翡翠綠，大；2支鈷藍，大；2支深藍，大；1支朱紅，大；4支孔雀綠，大；3支鈷黃一號，大；1支鈷黃二號，大；2支胭脂紅，中。」

「麥田之上的天空，白色中透著淡紫，效果十分微妙，我想是畫不出來的；但我覺得必須懂得這種基本的色調才行，它是產生其他效果的基礎。」

另一封信，如此謙卑。別忘了他曾經有志繼承父業做個傳教士。

報紙譯為「初升的月亮」，應該是「絲柏與星星」那一幅吧，他精神崩潰住進法國南部聖雷米的收容所時所作。畫裡十一顆星星，一大一小的星雲漩渦，橘色的月亮疊著太陽，兩棵絲柏像女妖的蛇髮指向星空，下方的村莊是典型的荷蘭村。評論者推測，梵谷也許是想到了舊約中約瑟的故事，約瑟看見十一顆星星，而太陽月亮向他低頭。

創作者的瘋狂，是既熱情又大膽的代傳神諭。

他對星空的熱情詠嘆，更是傾注在那兩幅，《阿爾論壇廣場的露天咖啡座》，《隆河上的星夜》。

「東風夜放花千樹，更吹落星如雨。」

一百一十年後，我們的城，厚顏無恥、大手筆的複製梵谷，從地下到天上，就像吹得在曠野寫生的梵谷叫苦的猛烈的 mistral 西北風。

我老婆之前跟一群婆婆媽媽去普羅旺斯香精之旅，繞去馬賽，都是蟬聲，叫得耳朵發燒。然後，我家裡從窗簾浴簾沙發抱枕牀單寢具，到桌巾餐具，氾濫成她所謂的藍與黃的交響曲。

摧枯拉朽的梵谷熱、災難，殘酷劇場理論的阿鐸，最是一語中的：「這些輝煌的風景，看來有如邪惡的鍊金坩堝裡沸騰的釉藥。」

此外，阿鐸在宣言的破題之句，「戲劇之有價值，在於它與眞實及危險之間，保持一種神奇的、苦痛的關係。」我以爲將戲劇代之以藝術或其他創作形式也都成立。

燃燒，沸騰，暈眩，傾斜，嘔吐，躁，狂，舞蹈症。

一種神奇的、苦痛的關係。

我每天必經過至少兩次的八線道十字路口，一角是一棟給七級強震震得結構體內傷但遲遲不拆毀重建的危樓，忽然一日樓頂密密架起集中營的探照燈，亮燈的那一秒，整辦公室尖叫，強光淹到我桌上，我以爲兩岸開打了，光炸。在白襯衫袖子上敷著杏黃，溫暖而哀傷。我往椅背一靠，專心目睹那奢侈極了的照明，危樓整棟外牆被《隆河上的星夜》所包覆。

確實是紫色的城市，下了班我奉老婆命去超市買了一袋生鮮回家，等過紅綠燈，那於我早已平淡無奇的街頭突然燦爛明亮，點醒了蟲蟻般的我們一張張疲憊的臭臉。

惆悵極了，其實，在那光燄輻射裡。因爲，才三十歲出頭的梵谷是這麼的感慨他

「有一天會畫些東西，表現一點嬌豔，一點青春。我自己的青春早已經逝去了。」居然他老兄提前一百年替我說了。

被現代科技放大百倍，畫裡的夜、星、河，洶湧的彷彿神物聳立，對過往的人發出聖召。

稍後搭捷運，一站上往地底、我暗禱千萬不是往地獄斜降的電扶梯，左右上下油黃、金黃、枯黃，以及你此生所不知道的黃黃黃，旋即綁架了我。

向日葵？麥田？平原？他的黃色小屋？還是自畫像的臉？

他對光的執迷？有此一說，他的眼睛構造異於常人的病態，所以他所見是一般人看不到的光與色彩的排列組合。或者，根本是那不能稍停的他畫畫時身心燃燒狀態？阿鐸是對的，英雄惜英雄，他不畫時也是在畫的，他是全身連同毛髮指甲都投入了鍊金坩堝裡，才得以熬出那些色彩。

我轉車，被電扶梯送上了兩層，步行過甬道，踏上紫橙綠的花海幻覺，啊，這個容易辨認，鳶尾花，他就醫時的自療之作。

先是一陣冰涼陰風作前鋒，列車進站，車體是露天咖啡座，布篷下的煤氣燈，花苞似的星星，流漾著幸福的暖光。他在法國南部阿爾小鎮應該有過短暫幾個月的幸福時光吧。

那麼，這可會是幸福列車？

鑽出地底，駛上半空。捷運線路交叉共構，成爲歐陸麥田一夜之間被幽浮偷偷畫出的謎樣、至今無解的巨大圖案——好魁梧的榮格認爲，圓形是最具有象徵意義也是最偉大的基本意象；剛剛在隧道內是有漂浮之感，車身震動產生低頻率噪音按摩腳底，好生麻癢。鄰座女子肥幫一大塊紫青胎記，令我深深懷疑是趁滿月化身人形上岸一遊的海豚精靈。我常亂想，再過幾年，我們將會培訓出一套完整的捷運教養，人人在車廂中如坐神龕，肅穆自矜，自己的鞋緣不小心碰觸到他人的鞋緣都是失禮。陰涼地底隧道世界，軌道神不知鬼不覺被暗中切換，蜈蚣、馬陸狀列車穿越祕門，從容快速完成一趟竊換之旅。多年以前，某大導演燒了五億台幣拍出的電影，隧道口一如女陰，潮濕的霓虹光影有著暈眩效果。那是部叫人寂寞異常的電影，所謂愛情如同民主機制一人一票，票票等值，然而每位獨立人都是塑膠與鋼鐵所鑄造，彼此不通氣息。那樣的封閉與寂寞，一如背上抓不著的癬。

海豚女子於車上乘客中，爲何而來？交換記憶？一克一兩金，若是不從，一棒敲昏，搶……。

只是這捷運系統未免太新太亮太潔癖，即便隧道深處也有安藤忠雄的清水模意思，借用索爾貝婁的說法，科學將信仰消滅得一乾二淨。不像我也熟的紐約市百年地鐵，廢礦坑那般有會攻擊嬰兒的尺長老鼠，有瘋漢醉鬼毒販、超人蜘蛛俠、美女野獸在又髒又臭、滲滴著污水鏽漬的蛛網鐵道裡來去自如，甚至盤據隱居是爲體制外的盲流；有攻擊性的精神病患，潛伏著隨機選取一個倒楣乘客在列車一進站時將人猛推下去給碾得支離破碎；有黑暗大陸的非法移民，撿了鍋盆鐵器組成民族風敲打樂進入巫毒的迷幻眩暈節奏，那敲擊聲牽引你的心跳亢奮。盛夏，團著千萬人次——賤民打工仔被殖民者恐怖分子異教徒無政府主義者、的呼吸汗水黏液的腥潮氣流像一大塊抹布，啪的罩上讓人乍然不能呼吸。

一個轉彎，我順勢回頭，城的那一邊有一窩光源作噴泉狀，更有三四隻鐳射光打在空中，白鴿似的，撲翅，迴旋，不無褻瀆之意的要敲開天門，亢奮整夜。起乩的造勢晚會，一場又一場不願醒來的夢。密密麻麻的相挺支持者，被召魂煽起、用後即棄的激情讓他們形同現代垃圾山。

耳語傳播一如電腦病毒擴散，就要改朝換代，快了快了。大家拉長脖子，尋找最後一根稻草，集中意念要畢其功於此一役。

但是，改什麼換什麼呢？

爲了更美好的明天、未來！一個合情合理的集體大願。

這當中不容許有等同於背叛的質疑者，我遂只能在心中小聲背誦：「你知道你所能期望的，充其量不過是避免最壞的事發生。」

先知不是早已死光了？事後聰明的回頭看這一場戰爭，零和的殲滅戰，信仰也好，教條也罷，經此一役，都成砲灰。

垃圾山潰散，湧進捷運站，擠入車廂，爲了防戶外風寒，各式樣帽子圍巾手套出籠，好像過年。另一條軌道有車來，相會時，兩廂照鏡子的互爲倒影，拍車窗搖旗鼓掌吹口哨，是同一國的劃一動作與情緒，向心力將他們攪成漩渦。

細心點就可找到，淹沒其中的偶有一兩雙敢怒不敢言的敵營眼睛，再細心點，看到他兩手擰得緊緊，或她的尖指甲掐自己的虎口。不管是他或她，都是板直脖子，憋住呼吸，不敢造次，洩露不認同的眼神。因爲對決的兩陣營都充分了解，這集體造神儀式的神聖不容異己正如眼睛容不下一顆沙粒，誰白目跳出來挑戰那神聖，當場不死也半條命。

橫跨一整個秋天與冬天都在發高燒，這偉大的城市，這無情的市民。滿街的旗幟，

INK PUBLISHING

讀者服務卡

您買的書是：________________________________

生日：________年________月________日

學歷：□國中　□高中　□大專　□研究所（含以上）

職業：□軍　□公　□教育　□商　□農

□服務業　□自由業　□學生　□家管

□製造業　□銷售員　□資訊業　□大衆傳播

□醫藥業　□交通業　□貿易業　□其他________________

購買的日期：________年________月________日

購書地點：□書店　□書展　□書報攤　□郵購　□直銷　□贈閱　□其他

您從那裡得知本書：□書店　□報紙　□雜誌　□網路　□親友介紹

□DM傳單　□廣播　□電視　□其他

您對本書的評價：（請填代號 1.非常滿意 2.滿意 3.普通 4.不滿意 5.非常不滿意）

內容______　封面設計______　版面設計______

讀完本書後您覺得：

1.□非常喜歡　2.□喜歡　3.□普通　4.□不喜歡　5.□非常不喜歡

您對於本書建議：

感謝您的惠顧，為了提供更好的服務，請填妥各欄資料，將讀者服務卡直接寄回或傳真本社，我們將隨時提供最新的出版、活動等相關訊息。

讀者服務專線：（02）2228-1626　讀者傳真專線：（02）2228-1598

廣　告　回　信
台灣北區郵政 管理局登記證
北台字第15949號

235-62
台北縣中和市中正路800號13樓之3

印刻出版有限公司　收

讀者服務部

]名：____________　性別：□男　□女

]遞區號：____________

]址：____________

]話：（日）____________（夜）____________

]真：____________

]mail：____________

INK

如同虔心請神下凡的祭壇旗幡在靈動；捷運列車在樓叢裡鑽馳，如同手術刀劃開腐肉，割除爛瘡。

屬於我個人每天的彌賽亞時刻，遙遠的一百一十年前的星光從高樓之牆復活，灑下，那十字路口便像河海交會的深水港口，巨鯨那般開闊向整片汪洋，暖流來了，飽含生機的暖風也吹起了，剖開我的胸腹穿過。

相信的人有福了。至於不信者但尚未虛無如我，那就創造自己的謬斯女神吧。

千萬人之中，她像爵士樂進入我的眼中。她在亮光裡，嗤嗤流著靜電。臉骨崢嶸，眉毛拔成尖細——腋毛應該是用熱蠟除光了吧，眼蓋一寸寬塗了銀藍電青，柏油眼圈，嘴唇塗橘子汁色。領子則是一圈 Hello Kitty 的粉紅化纖長毛。那是張色彩奔流的臉，直覺告訴我更是一碰就爆的災難。最要命的是，資訊記憶所及，煙燻妝，曬傷妝，娃娃妝，藝妓妝，埃及豔后妝，澀谷 109 辣妹惡搞妝，每一種都對照出我老婆的逐季色衰。

但是，但是我好想擄起她的袖子，咬咬她細而結實藕節一樣的手臂。

每天傍晚，我癱在辦公室椅子上，等探照燈亮的那一瞬，光波淹遍全身，麥田上那甸甸的金色陽光。畫面上方，則是一場暴風雨在醞釀，追趕著糞黑的鴉群。我藉此等著也許是餘生的最後一場暴風雨？

她瞪大柏油眼圈，目標並不是我；然而那眼光的電力那麼的年輕強大，令我幾乎是受虐的喜悅。

令我承受不住，轉頭他望。

我拔腿搶在她之前過馬路，不是因爲中產階級的拘謹道德與羞恥，不是她那誘惑太強無法招架，也不是害怕舊秩序瓦解了、重組所需的心力足以過勞死……，我來到集中營光牆下，抬頭見空中寫有如此罪狀，終結那個秋冬的迷夢。

「K不愛任何人，他只是跟人調情，他應當死去。」

慘綠少年

「那個書櫥。」

「嗯。第一次來我就注意到了。」

「爲什麼？我是因爲夏天午後的一場雷雨，書櫥玻璃門上裂過樹枝狀的閃電，滔滔流著大雨的影子。那對我其實是非常色情的意象。中學有一年的某個考完試的週末，就是那樣的午後雷雨，我躲進隔壁巷子有幾家妓女戶的舊書攤。

「那條每個男生提到總要傻笑的妓院街，傳說戴眼鏡的走過，老鴇射人先射馬的一把抓走眼鏡，只好跟進去獻出童貞。低矮的違建，門窗裡一盞豬血紅的小燈，供豬八戒？日頭在那裡特有一種辛辣，是福克納說的，最佳的寫作環境就是妓院，白天靜悄悄，晚上熱鬧滾滾。一個焦黃頭髮厚嘴唇的老娼在摺衛生紙，手邊放著一個豔藍塑膠臉盆。舊書攤其實是座垃圾堆，反正只要是長成書的樣子的廢紙一概被回收到那兒，所以也是書的墳場，一捆捆一箱箱，說什麼知識價值、文化寶藏。狗屎味屁味霉味趁著急雨全釋放出來好嗆鼻，我隨便挑起一本書，一翻就是中間的彩色夾頁照片，一對拉大提琴的雙胞胎洋妞兒，教琴老師掏出的屌大得不合常理，姊妹倆鼓著雪白的奶奶舔霜淇淋。恐怕沒兩分鐘我褲子就濕了一大片。

「糗大了。少年時怎有那麼豐沛的體液一觸即發，我夾著卡其褲裡的兩條腿，遮遮掩掩，蹲下來撿起另一本，關於一個叫首仙仙的小女生的自殺案件全記錄，水仙花那般的清麗通靈，書中收有她的日記週記，顯示出她的早熟，敏感。我看得入迷，直看到內褲那一片乾硬了。舊書攤是違建，幾片鐵皮傍著一棵雀榕，冒著粉紅色果實疙瘩，招來麻雀蟲蟻，讓整棵樹又癢又噁。我覺得虛脫。涼風吹開天雲，烏沉沉的雨雲立即又滾回，甩下稀落的大顆雨粒。在那昏瞶的時刻，燈還沒點亮，眼睛的感光度變得極敏銳，我相信凡是你想看的都泛溢著光的稜線，油炸熱狗那樣。物的靈醒來。我濕淋淋的回家，當晚發高燒病倒，哎，轉大人前我是那麼孱弱，我常在浴室看著鏡中白得青蒼一如蠶那麼軟糊、而且胸腔下陷的驅體，油然而生一種自憐又自虐的情感。《蟬》裡有一段落是這樣形容那個叫吳哲的水仙男孩，『眼下兩道淡青的陰翳。長長的睫毛，不時輕顫幾下；纖小的飛蛾，扇著透明的翅翼，作瀕死的掙扎。』

「我只是受了點風寒，但也躺了三天，困在蚊帳裡，看著氣窗那一小塊天空。我想我是給那本書、其實是兩本嚇到了。我發呆，手卻不安分的撫摸、握著那幼小、冰涼、昏睡的性器，怎麼也喚不醒，簡直就是一件殉葬品，玉蟬？

「我那曾經一度啞吧掉的慘綠的性欲啊。」

「眞巧。那年我父親隻身南下跟一位朋友去山裡種香菇，走前我們搬家，向一個乖戾老先生分租一間房，改良的日式房子，煉瓦，地基墊高鋪上木地板，紗門，走起來吱嘎響，透著一股木材腐朽味，靜夜聽得到白蟻啃嚙的沙沙聲。你知道，就是國府遷台後給技術官僚的公家宿舍。玄關就放了一個這樣的書櫥，裝滿線裝書。我完全被那油墨香、壓乾的蝴蝶翅膀般的紙質、宋體字給催眠了。老先生愛錢愛瘋了，前後房間又各租給一個麵包師傅，在家脫剩一條小內褲，露著練得結棍的二頭肌與胸肌到處晃；一對聚少離多的年輕夫婦，丈夫是外地工作的軍官還是船員，週末下午，他們在房裡盡情做愛，彈簧牀嘰嘰嘰的響，女人欲仙欲死的呻吟，到達高潮時，吟出一絲柔韌的絲線。我在玄關偷翻那些線裝書，地上一封信，貼的『莊敬自強』郵票。卡著陰綠苔蘚的牆頭，走過一隻大白貓，瞳孔一直線。年輕夫婦做一下午的愛，兩條汪著油脂水光的鱔魚。我醒過來時，發現線裝書淌了一攤我的口水。何其幸福的時光。」

「我要問你，如果有時光機器與隧道，大雄糯米達你最想回去搶救哪一本書？」

「我比較喜歡小叮噹。嘿嘿，別忘了我們二一一二年九月三日的約定，不見不散。

「言歸正傳，我最想去搶救的不是被秦老大燒掉的那堆，更不是六四二年被毀掉的埃及亞歷山卓圖書館，我高三每K書煩了就去校刊室混，一群眼睛長頭殼上的文藝少年，一切言行都帶著造作卻天眞的姿態，留鬍鬚，翹課，搞社團，讀尼采、卡繆、沙特，書包中放著杜斯妥也夫斯基——哎，『發現杜斯妥也夫斯基就像發現愛情發現大海』——還有赫塞、卡夫卡之必要，一言以蔽之，『志文／新潮文庫男孩』，那太過膨脹的心靈在發育中的軀體內顯得束縛、格格不入，『我們既然被永恆的價値拋棄了，就必須創造自己的價値。』一邊是志文／新潮文庫男孩，一邊是首仙仙型的爲代表，我以爲那是男女陰陽各司其職，清清楚楚的年代。於今看來他們相當可愛的狂傲，看似叛逆，卻會輕易的爲其信仰殉身。我曾讀到『少年法西斯』一詞，某種程度是相當吻合那種特質、那種精神的純粹，現在是沒有的，絕種了。

「校刊室裡頭有一個最特別的綽號太飛，從FAT的諧音倒轉來，又暗藏著嘲笑他娘娘腔，太妃？他家開中藥行，補過頭了，走火入魔，搞亂了荷爾蒙的分泌，有點巨乳症，喉嚨也給束住了，講話細聲細氣，一些小動作是很女性化。但我跟太飛很談得來，常常交換課外書看，兩人都喜歡林懷民、劉大任，沈臨彬的《泰瑪手記》，那口袋書的版型，是我們那浮躁青春期的浮木，第一頁都背下來了，方壺漁夫你來的時候，揚起一天的黑髮與海潮？我們的校長很喜歡園藝花草，因此校園裡一個蓮花池，一大片花壇總是怒放著鮮花，秋冬時我們常在那曬太陽交換讀書心得。天乾物燥，書頁摸起來有粒子感。有次午休時間，天陰得要滴水，我們去學校寒傖得可憐的圖書館，只有一面鐵管與木板搭起的書架，再用一張鐵絲網護著怕被偷，所有的書蒙著一層塵埃。管理員是校長的幾等親還是裙帶關係繞了幾層安插的老芋仔，瘦刮刮馬臉上月球表面的坑坑疤疤，鄉音重，脾氣壞，反正也從來沒學生來借書。他蓋著報紙躺在書桌上午睡，被太飛跟我驚醒，痲利的翻身下桌，突然送給我們自印的薄薄一本書，封面毛筆字『大同書』，一翻開，是管理員的自傳與年輕時英挺的戎裝照片，『匪軍渡江，國破家亡，餘年此生，義無再辱。』隱隱的手好像被菸頭燙了一下，畢竟我父親那代的禁書恐怖記憶我還知道一些。

「但好奇心一打開就蓋不上。我的中國近代史一塌糊塗，管理員自傳寫他好像是徐蚌會戰後一路往西南走，經滇緬公路，輾轉馬來西亞、新加坡才到台灣，一路歷經痢疾瘴氣，死去活來幾次，第一眼見到南海時，不禁嚎啕大哭。

「他的大同書，不脫禮運大同篇的框架，乍看六法全書似的條例分明，更穿插了樹枝狀的圖說解釋，是管理員自己的理想大夢，其實很荒謬好笑的，任何人看了都會認爲是個文瘋的神經病。

「他的理想國，當作是升官圖或大富翁看還滿有趣的，將個人從出生到死亡一路分類整理，每個階段，國家社會與父母家庭兩方面應該負什麼責任、採什麼對策，一條條列出，務必使每個人各安其位，不殺人不犯罪不成爲反社會分子。好簡單清潔的縮圖模型。

「管理員對老弱殘疾的弱勢特別關懷，特闢了一章寫了個洋洋灑灑，提議爲他們成立合作社合作農場，讓他們自食其力。還抄錄了我們小學課文的武訓興學。我看了眞是感動。

「我跟太飛故意走近他在學校後面的教職員宿舍一探究竟，操場颳起狂風沙，排練的樂隊荒腔走板，圍牆下一大叢青白變色的聖誕紅；一排瓦頂平房，米粒般的葉子都黃了的鳳凰樹下一個四五歲小孩，那臉跟管理員很像，光屁股蹲著在屙大便，臉頰紅通通，凍傷了。大概是屙不出，神情苦惱又困惑。有一家在燉肉，茴香八角的味道在那乾索午後獨自跳豔舞。我想我是看到了他老婆，塌鼻子而眼神呆滯的胖婦，在那礦坑似的門洞一探頭，粗破嗓子哇哇啦的罵小孩，還不卡緊死轉來你討皮痛。樹下掛著一個黑色輪胎，想必是小孩的鞦韆，獨自晃盪著。

「原諒我這樣比喻，有時候一場灑狗血的大悲劇或一本俗爛的言情小說是可以讓人徹底放鬆。因爲簡單，像喝一杯香濃熱咖啡。

「你要不要續杯？先說好，今天我請。別搶別爭，下次換你請。

「我其實想搶救的不只是那本癡人說夢的大同書，主要是太飛。梅雨後就暴熱，羊蹄甲假櫻花粉紅的猖獗，花壇的唐菖蒲挺直得像早晨的勃起。那種飽暖思淫欲的初夏夜晚，之前打了一黃昏的籃球也沒用，鼻腔一股腥氣，我到處找不到太飛，他書包丟在晚自習教室的老座位，我像隻發情公狗滿校園竄，天空銀藍，我突然抬頭看見圖書館，直覺拉著我不出聲的走上樓。第一次我覺得學校建築與軍營、監獄的構造是源於同一想法，《天鵰》的紅衛兵難怪武鬥一開始先占據教室當基地。我果然狗鼻子似掛了一團鼻涕，教室左右兩側都是玻璃窗，窗後是清藍的夜空，玻璃浸在清水溪流中。他們兩個兩條大爬蟲在靠窗的大桌子上，剪影看得出管理員——眞的是他嗎？我爲什麼那麼肯定？

一頭撳在太飛褲襠那裡蠕動。穿過那幽藍的玻璃光，我一定看到了太飛眼瞳角落的餘光也在顫抖。夜暗中，另一頭的玻璃窗被風吹得格格響。初夏甜美微笑的夜晚天空。我像惡疾發作的全身汗。

「我想，太飛也看到我了。

「太飛在晚自習失蹤的次數愈來愈多，終於引起懷疑。我也懷疑是不是自己說溜了嘴？我說了而選擇忘記。選擇記憶是動物基本的保護機制。你知道那年齡的男生的殘忍，那種虐殺異己的殘忍。大家只要交換一個眼神，那些男性結盟遊獵的集體記憶就復活了，比方圍捕一頭野豬、野狗，追獵一個女巫。

「那個緋紅色的黃昏，滿天豔麗洪水般的把人淹沒，燥熱得快窒息，影子拉得特別長。然而天黑也只是一下子的事，一截長長菸灰那樣抖掉就全黑了。我就知道來了、要發生了。

「大王椰子的樹葉烏沉沉的，鋸齒那般拉過眼角膜，我一抬頭，教室裡人跑光了，我一口氣跑過朝會集合場，跑上三層樓，他們，那些小獵人、志文/新潮文庫男孩，虎立的趴在圖書館窗上磔磔狂笑，敲打玻璃。我撥開他們，那一邊的玻璃窗被踹飛出一扇，一團人影跟著跳出去不過是一口痰，嘩琅琅的碎裂聲。

「沒死。他沒死成。只是斷了一條腿，跛了；臉上撕出一道疤，像一條閃電。

「其後，大約每十年我會見到一次太飛，在我舉手打招呼之前，他轉身背向我。然而那臉上的疤閃電矛槍沒有一次失手、筆直的刺穿我的胸。」

「我用自己的語法，將我敬愛的老先生的話說一遍。那沉睡的洞窟，躺滿了如同死去的精靈，當我們翻開書頁，舉著燭火一階梯一階梯的摸索，便是喚醒他們的時候。」

「事實是，我們都知道那張照片，慘遭二次大戰空襲轟炸而屋頂塌陷一角的圖書館，正中間堆著屋樑瓦礫的殘骸，然而很幸運的，兩牆壁的書逃過一劫，三個清教徒般的英國紳士，維持著文明教養於不墜，形成好完美優雅的構圖，一人抬頭瀏覽，一人伸手正要取出一本書，一人閱讀著手上捧的書。是轟炸後的早晨嗎？稍後可有鴿子飛落下來？清冷的空氣，人類自作孽的災難延續著，他們三人不是藉著書籍逃避，而是抵抗與理解。」

「這雨不知要下到哪時候？」

「反正你、我們有的是時間。

「那條雨中的街，午前大雨，之後勢頭轉小，視線總是遮著一張雨簾，又像一條餿掉的抹布，邊緣綴著沒完沒了的捷運開挖工程的導路警示燈一個個魚眼一樣。漸漸睏了，果然一條條灰色的魚游在空中，吐著水泡，那種掀開鉛櫃，屍體的皮膚生瘡，在起泡的濃液中慢慢爆開像活珍珠的泡沫。而板栗樹與棚子上的棕櫚枝葉被雨水洗得發出植物溫潤的綠光。預言的七年豐收後接著七年饑荒，在我們這裡，是十年大澇之後有十年大旱。」

「『深夜，書讀完後，戴黑眼罩的老人說，我們淪落到聽別人朗讀。我可以永恆地留在這裡，沒有怨言，戴眼鏡的女孩說。』」

「沒有怨言。只是，等待太漫長，時間因此出現裂縫，將人連桌帶椅的呑噬。太漫長的等待，如同荒漠的太陽，足以將眼睛曬瞎，將人曬成乾屍。」

「那個老美、愛滋帶原者寫得更好：太長的等待讓想念變成鄉愁，讓心變成化石。」

「好吧，來點原創性，等待的病毒會侵蝕破壞時間組織，我們在老死之前先行生鏽腐朽。」

「死，困難嗎？老爹？

「小時候我的志願之一，開一家鐘錶店，像我二姑丈的爸爸，店裡有一個工作檯子，都是開腸剖腹的內部零件，錶殼、齒輪、薄如木頭刨花的鋼片捲軸、小螺絲、小軸芯，分針秒針就像玩具兵的長矛佩劍。檯子扁扁的抽屜被錶的屍體壓得沉甸甸。滿牆壁的鐘，太多的鐘擺晃動，引發腎上腺過度分泌；整點報時時，整間店噹噹噹噹光躂躂錯雜的響。

「然而，店裡的鐘沒有兩個是相同的，『以不同的速度滴答滴答搖，各有各的理路，推論下去，各自到達高潮，於不同的時候噹噹打起鐘來。』

「店後的天井，一盆盆的海棠、鳳仙花、石蓮花、朝天椒、虎耳草、九層塔，大水缸裡養著頭上有腫瘤、大片裙褶的金魚，屋裡我二姑丈的祖父，光頭，留一把飄飄然的白鬍鬚，一年到頭的燉中藥，難怪他娶大某小姨。天井注滿了日光，尤其正午強烈到一走進就瞇眼。有一次抓到了一條臭青母，老祖父在天井架起竹竿殺蛇，取出蛇膽，和著一杯米酒咕嚕吞了；剝了皮，那羊脂玉般的肉條仍然不斷的捲起，鐘錶裡的捲軸？延宕的凌遲的死亡時刻，好久好久。趁大家吃蛇肉喝湯，我好奇手賤偷偷、用好大力氣拉開那修鐘錶檯子的抽屜，一隻蜻蜓噗的飛出來，綢布似的翅膀發出乾索聲。」

「每多聽一個你的故事，我好像就多知道、但不能算了解你一些。這樣，我難免有一種奇妙的感覺，當我們彼此將故事說完，彼此以故事餵飽了對方，是不是我們就完成移形換位的前置作業？從此，我可以自由進入你的夢中，對著那無岸之河，生一堆火取暖。」

「我們在各自的時空讀過相同的書，那紙張的觸感，也許是借自圖書館被千百人手澤潤飾後的柔軟；那紙張油墨的氣味，連結那日天氣的味道，鄰居媽媽炒菜爆薑蒜的香；那紙張的顏色，映著天光，非常柔和，簡直可以爲之沉溺其中。」

「直到屬昆蟲綱纓尾目、長觸角、尾巴有三條長毛的銀白色蠹魚，從書裡游出，悠哉悠哉的一道虛線。牠沒有翅膀，所以不能飛，牠最好的結局是被我們啪的以書頁夾死。」

「我猜，你一定沒有眞正看過蠹魚，我特地守了幾天捉了一隻來給你，哪。我處女座老婆瞪我好幾天，只差沒罵我神經病。」

「以後我就叫你C歐古斯特．杜班先生吧。」

「嗯？給點提示吧，老兄。」

「十九世紀，巴黎，密室謀殺。」

「唉，腦袋今天秀逗了。」

「『我們第一次邂逅，是在蒙馬特街一座昏黑的圖書館，認識的原因，是我們兩人都在找同一本很稀有很重要的書，因此就逐漸接近。』」

「哈，了解——『總有一天，總有那麼一天，我（們）會毀在這要命的癖好，身敗名裂，萬劫不復。』」

「什麼？這又是什麼？好，我們算是扯平了。」

一期一會

一直的，我困惑於所謂的共時性。好比來到三岔路口，有三面風景扇形的展開，我只能擇一前行。

其實，我是被我屘叔的故事所迷惑。

因此，我總想是否有辦法將這一切串珍珠的串起來？

那時候平均每半年我得去曼谷出差，亞洲金融風暴，泰國首當其衝，非常慘，有人妖淪落到去做苦力，對新台幣的匯率從一塊二貶到八角，物價又不敢漲，去當觀光客最爽了。我公司都是訂西龍路上一家滿不錯的飯店，對面是個整理得很乾淨的華人墓園，散步五分鐘是一條像菜市場、當地人去的商街，我先去街口的藥店幫男同事買大蒜精，然後去吃一盤豬腳飯，好大的一口鼎正好煮一隻豬八戒，嘟嘟冒著膠質濃稠如瀝青的泡泡。露天吃得唏哩呼嚕，好像時光倒流二十年前的台灣。對街一座廟，我永遠搞不懂泰國的廟宇，但其實跟台灣也很像，供佛的燭台香爐小酒杯，裝飾的小彩旗繩子串成一條，用的都是最俗麗最粗陋的塑膠材質；鎏金的佛塔，掛著白黃紫紅的鮮花環串，一個個纏袈裟、心不在焉的和尚，露出烏骨雞似的小腿。亞熱帶大太陽下，嗆薰的香火繚繞，很快的就讓人打瞌睡。我總懷疑，那廟還兼有殯儀館的功能。

買了顆榴槤，比手畫腳請老闆當場切開吃，飯店不准帶榴槤回去。那一整排兩層樓，晴日下特別白，通二樓的門特別窄，路邊一台賣冰的手推車。

招牌寫的是旅館，女人走下樓，骨架嬌小卻肉盈盈，一身針織黑衫裙，隱隱透出胸罩底褲的輪廓。她轉過身，嘴角似乎長了疔，自顧自的微笑。然後男人出現，兩人一前一後的走了。

第二條路。我老婆是直腸癌患者，切除腫瘤後做了腸造口、人工肛門，手術完成有一段適應期很難過。我們一般人排完便按下馬桶沖走，背對自己製造的穢物眼不見爲淨，但做了腸造口、乾坤大挪移，他們毫無選擇的要每天面視自己的糞便，雙手處理。城市的現代化有個很重要的環節就是公私兩領域的排泄物的處理，這項工作的執行者在社會分工與階層的圖像裡，確實就是在邊緣、下層，與排泄物的意義等同，大多數人極力迴避、閃躲。高度現代化都會化的日本，在上世紀八〇年代，將太勞力、太污穢骯髒、太危險的3K工作包給外勞，以維持大和種族的潔淨。

我老婆說她小時候最怕回鄉下，門口埕、廚房甚至客廳常常有一坨坨雞屎鴨屎，走路可比玩踩地雷。報應吧，終於，身上接了個屎袋。休養到可以出門了，我們上餐廳，大概是蝦子不新鮮，回家就開始拉肚子，她扶著浴室門框哀哀哭了，第九次了已經第九次了！我不知道該怎麼辦，她固執的拒絕我靠近，不要我任何的協助。那腸造口像機器人外接器官的一個榫口，在小腹邊——唉，左邊右邊我都記不清——替代肛門。從此她再不在我眼前寬衣解帶，更不要說裸體了。那種對身體缺陷的羞恥。浴室隨時噴了濃濃的芳香劑。年輕時我是每見到她夾緊或交疊的大腿連著腹部一帶的曲線，百慕達三角洲，就熱血上衝。

手術完成出院回家的那段日子，她身體還是很虛，坐起身就天旋地轉，每天需要人幫忙處理人工肛門排泄的糞便。不幸的是，她不是嬰兒，也不是行將就木、植物人狀態的老人，兩者理智上得以說服我義無反顧的處理其糞便。她是我還盛年的老婆。幸好我那貼心的小兒子接下了這任務。佛家的天人，基督教的天使，是跳脫了飢餓、排泄的生物機能與輪迴。何況，我想，排泄時的羞恥比諸死亡那一刻的私密更甚一籌，那關門的動作意義深遠，維護其羞恥心讓當事人不至於一無所有。但小兒子忘了關門，讓我偷看了一次，小兒子手持長長棉花棒刮著，專注的像在做化學實驗。她像擱淺在沙灘上的鯨豚，兩眼含淚。曾經不是有一句廣告詞，「身體聽你的，世界就聽你的」。她逮到了我的偷窺，眼裡泛出了憎惡與憤怒，然後，她轉頭。

像我老婆那樣相同的病患有個玫瑰之友的組織，意思是將腸造口昇華看成像一朵盛開的玫瑰花。何必自騙自，她忿忿的說，屙出來還不是大便，不會是花蜜。我相信相濡以沫的團體治療，開車載她南下去參加聯誼會，我想那是我的責任，我們提前一天出發，先繞去鹿港做一下午的民俗之旅，當晚仔細挑了一家旅館投宿，她堅持將家裡的棉被枕頭帶著。那時候，她已經訓練自己早上六點前起牀，聽一些輕快甜美的古典樂或爵士，排便，自己清理乾淨。此後一整天就跟正常人無異。

我事前做了功課，探聽到那鎮上有家滿道地的日本料理，附帶有滿庭園的蘭花，週休二日興起的國內旅遊消費風潮；我們喝了不少清酒，微醺的回旅館。

當晚，她果然解除心防，願意讓我抱著睡。

窗下是夜市，光燦的一條河，有間大廟供著天上聖母，有一隻江湖嘴對著麥克風跟街溜子玩心理攻防戰的拍賣，從大陸傾倒來的塑膠拖鞋、球鞋、塡充玩具堆成山，炸鹽酥雞、地瓜球的油鍋噹噹喇喇的爆滾。或者，一隻僞殘障的人龜趴在滑板上放送哭調錄音帶行乞。

我屘叔最後就是在這樣的旅館。

那天下午出門前，他四歲小兒子突然哭鬧，抱著他一隻大腿不讓走，手上的太陽眼鏡一掉，跌碎一個鏡片。他懊惱，遷怒的踢了小兒子一腳。我祖母一旁見了罵他「甕籠」，比喻肚量小。我屘叔是五個叔叔中長得最好的，從小被寵壞了，婚後不到一年就跑舞廳酒家，我祖母反而罵他太太，新烘爐新茶壺，箍不住尪婿，顢頇得倒頭栽。

我屘嬸掃著破鏡片，看一眼我屘叔進車裡，胃酸倒流至食道有燒灼感。

那女人，我屘嬸記得，跟屘叔一群朋友來過家裡幾趟，泡茶開講唱卡拉OK打麻將，吊梢眼始終緊盯著屘叔，在桌下一隻塗著紅豔指甲油的腳卸了鞋伸直去磨蹭屘叔的胯下，是什麼聲音老是窸窣響？有人問，她才不甘不願的歇腳。嗓子給長期過量的菸酒燒壞了，嬌嗔起來嚇死人，老鴇扮在室的，加上一些習慣動作與輕薄的熱天穿著，很快的就洩底。

屘叔那群前中年的酒肉朋友，沿用我家習慣日語叫他「二嘰」，一場麻將打下來，雙關語消遣，「一嘰、一度讚喔。」屘叔婚前，這一群到居酒屋喝得獸性大發召了妓，一個個押錢叫價，拱誰有膽出來榻榻米上軋活春宮。志願者數日後又是酒後半夜獨自去溪釣，可能是被石塊絆倒，正面俯摔在溪岸淺灘，嘴鼻被沙堵塞窒息而死。

我祖母袒護兒子，出面做調人，不痛不癢的勸我屘嬸，查甫人在外頭是難免，不要太過分就好。

過了兩年，應該是我屘叔膩了，女人約他見最後一面講清楚。

我陪我父親去旅館認屍。滿房間嘔吐物的酸餿臭。女人將我屘叔擺布在牀上，工整得像座兵馬俑，豐厚嘴唇紫黑，領口露著一段金鍊，眼睛沒有完全闔上，綻開一線眼白；他躺著還是高大，腳踝伸出牀外；驗屍報告說他是被藥昏了再用塑膠袋悶斃。

女人弓身，右手繞過我屘叔頸後抓著他肩膀，左手握著我屘叔交握胸腔上的雙手，毒藥的痛讓手指骨節掙得青白；她臉埋在我屘叔左肩窩，披著又蓬又捲而且染得焦黃粗硬的頭髮，小腿交纏，十隻腳趾甲擦得豔紅漆亮，與那歪撇出渾圓弧線的屁股，竟然仍維持著一股強烈的誘惑。

梳妝台上一碟吃了大半的豬頭皮、豆乾、海帶、雞胗、雞翅、粉腸，凝固著油花，兩瓶玫瑰紅，空了；一個中型紅條紋塑膠袋摺疊得整整齊；兩本雜誌，《姊妹》，

《命運青紅燈》。牀側地上，女人將兩人的鞋一直線擺齊。

旅館老闆，一個嘴角積著檳榔血沫的歐吉桑，在走道訐譙碎碎唸，「這下眞正是鬼才敢來住。這查某心肝有夠狼毒，自己死不夠，牽拖眾人來陪伊死。駛伊娘咧。」

趁我父親跟警察交談，我翻了翻那兩本雜誌，有一頁摺角，用紅綠筆與尺畫了直線標重點，是則香港女明星殉情的報導。天地空白處成雙成對的寫著我屘叔、另一個應該是女人自己的名字。她更改寫了兩句詩，「在地不能連理枝，在天願做比翼鳥」。

似乎看到，女人學生模樣，趴在書桌上看雜誌用功。

那一剎那，我非常非常同情她。

在最枯荒無援的時候，唯有食字療飢。

《姊妹》，《命運青紅燈》。如果順手拿得到，我是會看看。從創造經濟起飛到經濟奇蹟那三十年，對廣大的女性勞工、徬徨壓抑青春期的男女，這些雜誌是替代的張老師、性教育課、求偶媒介。若還找得到，我肯定馬上翻出至少十條拉丁美洲式的問與答，譬如，爲滿臉老幹新枝的青春痘苦惱的少女問，我表姊說吃男友的新鮮精液能立即改善？回答如下，這個方法還未經醫學證實，卻不失爲避孕妙方，但有蛀牙的、兔唇的最好避免，有裝假牙的馬上漱口。

循此，我還可以順便帶出幾個名字，依達，嚴沁，岑凱倫。

在他們的書連同蟑螂屎、老鼠屎全部給殲滅化為（非處女）紙漿前，我再召喚他們一次，我記得幾個表姊躲在那陽光跌燙在屋頂嗶啵有聲的閣樓每看完一本就丟給我接力看，薄薄幾十頁，售價不超過十元。

警方與殯儀館的人費了些功夫才將兩人扯開，我屘叔左肩一大片糜爛發黑的粥狀物。

女人的右手從他頸後抽走，翹起他的脖子與喉結，也讓他稍微挺了胸，他無聲的噫了一下，頭朝右偏去了。

抬進廂型車前，有幾步路天光很亮，鉛色錫箔紙上燒一條火藥粉末，亮得扎眼，抬屍體的一閃神，將我屘叔的右肩撞了車門，撞的力道不小。

被亂七八糟的招牌、電線、有線電視纜線、房地產廣告切割的小鎮大街，鎮民停格般凝滯在路邊看熱鬧；上午的東曬，將一整排販厝的影子鋪在街心。

廢邊社傳說

關於政黨輪替，我看到的是契訶夫、柴霍甫筆下的俄羅斯在收成季節揮著大鐮刀沙沙沙的收割著。在那潤黑瞳孔。

砍人頭，也可以是。殺殺殺踏著因爲是劣勢是弱勢、也因爲在邊緣在低下而被砍頭的血跡，快樂希望的前行。

那就是等價交換原則。天下確實沒有白吃的三餐，有所失而後有所得，進步總是要有材薪燃燒產生能量以推動之。

「可愛又可哀的年月呵。」

爲求免於人頭落地，那段時日，我行走城中，無所求索。

但是，曬過了暖橙橙的落日，看過了大清早窘在潮氣裡的老太陽，正午被照得炫光而眼前發黑，一不小心翻身摔下像公園裡馬來西亞橡膠樹闊葉上的毛蟲，而後，是很難很難將每日漫無目的的長程走路浪漫化、詩藝化。

如果日復一日愈來愈覺得無能證明自己不是一件大型垃圾？

或者自問，我是不是果肉已被啃光吮乾後隨手扔棄的一件果皮？——相當諷刺的，此話作者在那政黨輪替之後的第四年才福壽雙全的死了。

那麼，自然地，迎接每天的太陽以及因爲無業所以無所事事的荒廢長日是多麼的叫人恐慌。但願我能有王貞治的稻草人打擊法將那天空的一圓鏗的擊飛。

承認吧，我確實是那幾年結構性失業潮中載浮載沉的一員。大鐮刀的寒霜刀風已削去我頸後的一片頭皮。不能不有所懼怕。

我原以爲可以在那大集團子公司的市調研究部門終老。才（被）lay off的第一天還賴在牀上，我就好想念辦公室那分做爲整部大機器的一環、運轉生產的氛圍；多年的默契，茶水間每日早午由我煮第一壺咖啡，那醒腦又上癮的香；樓梯間那盞變電器故障所以久久才眨眼燃亮的日光燈，會議廳牆上一片水漬像孟克畫作瘋狂的人頭；以及我房間永遠堆積如舊書攤的剪報雜誌。

我不捨的是那書齋、圖書館管理員的感覺。

不驚，不慌，不能怕。那時候我終於逼迫自己確認的是，每個人存活的時空範圍其實很小，不比一副棺材大，社經背景相似、專業領域相同的攏成一個區塊，在有限的地盤上，披著競爭的外衣互相仇視輕賤、並踐踏，誰也別想指導誰、引領誰——「那時沒有王，人人任意而行。」垃圾婆的三餐與一天跟王永慶的三餐與一天在本質上沒有什麼分別。

我想這是一個機會，讓自己抬起頭，離開字，放下書，看看外面的世界吧。

我首先發現，廿年的職場生涯已制約了我，讓我成爲逐字而踞的街頭貓狗，被招牌字所迷惑。

冷巢熱奉。莫哉羊。包藏獲心。戲谷。健康煮。蟹夠。就醬子哇烤。毒茶萬歲。養生主，氣脈導引抒壓樂生。面對麵。夏木漱石。香草美人。怖痲怖辣。泰好吃。醫鞋院。啥丸意兒。墳場。高巢計劃。靈糧書店，聖經三本八折。幸福人壽，Singfor Life。歡喜十足。

我佇足研究，並與自己玩猜謎遊戲，看清那究竟是什麼店賣什麼商品。一開始十之八九我輸，等摸清他們玩耍文字的規則，我的贏率翻轉爲八九成。然後，我會對泰平天國、口嗜欣啡、足爽之類的店招覺得可惜。

茶裏王。我撿起紅磚道上的一支飲料瓶。

文字的貶值，恰恰與城市的進步成反比。

公園馬櫻丹怒放的短垣上，橫躺著一個大漢蓋著油膩烏髒的大衣呼呼大睡。

非常暖和的天氣。

我又發現，在非假期、上下班的尖峰時段之外的大眾交通工具，確實是銀髮族、家庭主婦的天下，時間成本最低的兩大族群——其後第三年，鄰國首都的最高行政長官大剌剌的說，過了更年期不能下蛋的老女人是廢物。居然未引起任何波瀾，其市民欣然受教。

何止是公車、捷運，戶外的公共空間、室內的營利場所，都是、嗯自生產線退下的游閒人口，三分遲鈍兩分渙散，消磨時間。車亭下，我就目擊一個輕微中風後的歐吉桑，一手手機，一手股票機，屢錯屢按，愈抖愈勇，我提防他不要一踉蹌像條K線圖栽進大街車流捲起的強風裡。

理想的城市是它的空間與時間被區塊化、分殊化的切割，以獲致最大的邊際效益。九到九十九歲分別去他們自己的地方群聚消費，稀釋孤獨感，交流情報。而偉大的文字魔術師處理城市區塊像積木、疊疊樂、骨牌、魔術方塊、卸解人體的箱盒、九連環，與他的高筒黑色禮帽一起迷惑觀者相信他有隔空取物、取藥的神力。

錯誤，就是從我走了將近三個小時，下半身疲累，隨便踅進那家連鎖咖啡店開始的。

非週末假日的下午，也坐了九成滿。我環視一圈，暗叫怎麼來到了阿公阿婆店。鼻子牽著我找到一縷屬於我祖父的樟腦寒香的主人，一身黑西裝白襯衫、橄欖狀身軀，頭頂塌著一頂黑色貝雷帽，一隻大概充當拐杖用的黑雨傘還絆著一個紅色塑膠袋倚在肚子上，對著手機吼：「蔡小姐，出發了沒？現在人在哪？還在三重，可不可以馬上過來？搭計程車，車錢我付。再半個鐘？我已等了兩個鐘啦。蔡小姐。我是誰？聽不出來啊？」

媽個屄。他大嗓門又吼了兩三分鐘才發覺對方早斷線，對手機哼了聲。

方桌對面，原本膩在一個休閒服阿伯的黃蓬髮女人，袋子裡拉出一件金絲銀花衣，鋪在豐聳的胸前，問：「好不好看？剛才沅陵街買的，你猜多少錢？配你上次送我的裙子嘟嘟好。」

西裝老男冷哼一聲，「老陳要被妳穿垮囉。」

「你莫龜笑鱉無尾，小蔡不來你嫉妒我們就要搞破壞，你壞心六點半。」

「衣服我也送過給妳。過河拆橋妳才眞壞心。」

「咦，才總共送那麼一百零一件，你好意思講，小氣鬼。你吃藥時間到了啦。」

西裝老男將目光焦點轉定在我，嘴巴一張，卻吐不出話。我背後吸菸區的玻璃長期吃二手菸而花糊，還有似乎是尼古丁焦油凝滴的幾條軌跡。他腫胖的企鵝頸項撐鬆了領結，呼吸大聲，四顧而無一可交談的對象。

我將回收檯所有的報紙掃來，一張張啷啷的翻閱。

他又撥了手機，「蔡小姐，現在人在哪？還沒出發？我等著妳呢。可以馬上過來？搭計程車，車錢我付。再半個鐘？我已等了兩個鐘啦。喂，聽不聽到我說話？」

他生氣了，豬肝紅的嘴唇抖著。

黃蓬髮女人斜眼說：「小蔡今天不會來，別傻等，我幫你另外介紹一個，要不要？」

「媽個屄。都一樣，沒個好東西。」

「好心給雷親。好啦我告訴你實話，昨天我們一起去買鞋，她腳扭到了，去看拳頭師傅，起碼要休息三天。我幫你另外介紹一個——」

「我的事妳不要管！」吼得口沫噴濺。

黃蓬髮女人癟癟嘴，向休閒老男說，「他威而剛效果都在嘴巴上，你不要學他。」

西裝老男抓著雨傘塑膠袋起身，企鵝步的在鬧嗡嗡的咖啡館晃，找熟人，我相信沒聽錯，他剛邁開的那幾步還一邊噗噗放屁，進了吸菸區挺不識趣的以手做扇在鼻前搧著。整個空間的顧客都在進行一種荒頹的欲振乏力的交易，是他們孫輩年紀的服務生臭著臉迅速的切入、離開，唯恐沾上病菌似。買方的老男人一個個縮皺的球體，只目光饞饞的盯著賣方的熟女，生命力還潑辣，講話、動作中氣十足，更風騷的就扮彩旦，蹦出來一扭腰，走台步，拋媚眼，逗得老男人爽得幾乎要鼓掌吹口哨。旁觀者清，那幫熟女老江湖每隔一段時間便互打手勢遞眼風，得了暗號就靜下算計，臉上掩不住一股橫生的狠戾之氣。一個很有大姊頭架勢的，朝天鼻，一身大紅大綠匝成了蟒蛇，不管禁用外食的店規，袋子裡拿出一盒盒分傳，有點心，也有大概是營養藥品、中藥材。熟女們於是站起來採取一攻一的緊迫盯人，呱呱呱的一隻隻張開尖喙瞄準腐肉的禿鷹。

隔著那層氤氳著煙霧與尼古丁焦油的玻璃，彷彿那是在輝煌燈火中咕嚕咕嚕下沉的船艙。

若干年前，我聽過那妖姬名嘴在電視上說，我們來到歷史上最重視外貌的時代。她只說了一半，另一半是、也是最憎厭老人的時代。我們對老人的殘忍全面體制化、合理化，將老人與流浪貓狗及無業遊民、燒炭上吊自殺者、重度智障等邊緣人綁一起，好苦惱不知要如何以最科學乾淨的方法一舉殲滅。

心腸軟——懦弱無用的只能背轉身去，如我埋首於一疊彩色照片比文字多的日報。因此我渾然不覺他窸窸窣窣回來，落坐時椅墊裡的空氣給他的老屁股擠得尖叫一聲，我抬頭，他直直瞪視我幾次，我沒理。

「不好受吧。」

「你聽見了，老弟，這只是開始，還有更難捱的在後頭。」

我硬是不看他，但我想我耳根紅了。

「我是過來人。」伴隨著他衣服的樟腦寒香，他螞蟻對螞蟻以觸角傳遞訊息那般對我說話。

「情勢會一直壞下去，像一記下墜直球，媽個屄，力道強得，啵，打得你手骨差點碎。但有救的是壞到底，撐過去，你會偷笑也不過就這麼回事。時間可比我們感受的過得快多囉，不然你想想，一百分鐘的電影一場經常演人的一輩子，我們傻鳥的跟著哭啊信啊的。

「你剛剛看得入神，那些婆娘，精得，也不過就是討個生活，我們老傢伙心知肚明，大家你哄我我哄你高興快樂一場，有什麼不好？小蔡你是看不到她廬山眞面目，醜得，不輸好多年前有部港片《食神》裡的火雞姊。我們可是患難之交，我告訴你，就我肯配合還讓她偶爾使使小性子自抬身價過過乾癮。傻屄吶。那一年被一個乾哥哥騙去大陸，說是義結金蘭合該招待她遊山玩水，樂得下巴頦兒幾幾乎掉了。從沒出過國，行前做頭髮買新衣新鞋，結果雞巴卵蛋乾哥哥踏上深圳現出原形是毒梟，幾個傻屄被私刑，脫光光坐冰塊，抽打腳底板，餓了三晝夜，乖乖就範，肛門被塞雙獅牌海洛因，用保鮮膜跟保險套包裹成蛋那樣。我笑她一輩子生不了兒子，第一遭就下毒蛋。進了海關就被攔下，問沒三句就全招了，刑警帶到醫院照X光、灌腸，過程都給錄影存證，祖宗八代的臉都丟光了，鏡頭瞄準她那沒肉的扁屁股，唉喲喲喊疼，毒蛋一顆一顆從屁眼解出來，每顆四五十公克重，鐵證如山，想賴都賴不掉。我在西門町老咖啡館等她，等到第三天在報紙上看到她名字，笑得我掉眼淚。她屁股可比臉上相。逼不得已賣我這張老臉去找老長官，多少使了力幫她澄清開罪。那毒梟早就落跑，還打電話來，她照樣哥啊哥的叫得親，跟我解釋說他像日本老牌明星小林旭，笑起來多迷人，怎麼看都不像壞人。操他媽的日本鬼子，氣得我。

「笑她無可救藥，她帶我去艋舺一家百年老教會，用台語佈道，反正我是聽不懂。她說將來她的告別式上要演奏〈奇異恩典〉那首曲子，因爲聽著像在天堂，讓她想到她娘、想哭。

「她始終在等那雞巴卵蛋乾哥哥。天氣熱的時候，我們在電影街那散步，去年的一個黃昏，忽然聽到蟬聲，只一隻，吱了兩聲。我腦袋有靈感，我的日子到了。我要她跟我去坐在路邊椅子，中華商場被拆之前，好久以前的事了，那裡是火車鐵軌所在，黑鐵的大火龍每天來來去去不知道多少班。五六月就開始，七八九月登上高峰，眞是熱得喔，平交道的柵欄噹噹噹的放下，腳底震動，等得汗珠從腦勺沿著脊椎骨往下滑。商場被拆時，我天天來看，一部部的怪手與灑水車，漫天泥灰煙塵，哼，莫非台北城被空襲淪陷了？晚上變涼，整條中華路暗沉沉，那些閃閃亮霓虹招牌國際牌硫克肝、喇叭放著的流行歌變魔術的全沒了，地上像死了一條龍屍，肚破腸流還吐著氣兒流著口水，風一吹，非常非常荒涼，可不是應了早先那首鳥歌〈龍的傳人〉。在中華路的這一岸，看著那條廢墟死龍，零零落落跟我一樣有許多人影徘徊，我好像看到有團影子像匹狼竄到那瓦礫鋼筋上乾嚎。每個人都覺得好像身上被狠狠割了一刀，被閹了什麼去。我拉著小蔡陪我坐那椅子上，等，等太陽一落，天邊出現炭火渣渣的紅，隨著涼風吹起，說不定有一場時間的大魔術出現，像《回到未來》那電影，噹噹噹那舊日的火車幽靈跑出來，將我碾碎成幾段。」

他那餃子般的眼袋，眼眶已經爛濕。

他在塑膠袋窸窸窣窣翻攪，找出一本像高速公路回數券的票子丟在我面前，踏大步離去。

是某家靠近夜市一條巷子裡的二輪電影院的戲票。

我像空腹吃下一大口超級辣醬，從喉頭一路燒到胃。

又一個橄欖身型的西裝老男，捧著一盤下午茶特餐，突然一失手，砸了一地的咖啡與義大利肉醬麵，櫃檯後的服務生翻白眼做了個昏倒的動作。他楞在原地猛眨眼。其他老男審判席上那般的漠然看著，女禿鷹擦指甲油的手指噠噠噠敲著桌面。

被侮辱者與被損害者，我按著燒灼的胃唸著。被侮辱者與被損害者，我唸著。被侮辱者與被損害者，我唸著。被侮辱者與被損害者。

我警犬的嗅著他身上的老人味追過兩個十字路口趕上，聽到他近乎喘息的呼吸。沒有一點猶豫，我拍他肩膀，他轉身，我說，對不起，這是尊嚴問題。將刀子切進他那橄欖狀的肚腹，非常的柔軟的脂肪層。他沒有一句呼救聲，也沒有一人停下腳步。

媽個屄。

我呷了最後一口冷掉很難喝的咖啡，陷在那存在主義的故事情境裡出不來。

對於失業，我無話可說。正如稍後幾年竄出的一句市場用語，沒有懷才不遇這檔事。一旦技能落伍，就像舊版軟體程式的命運。

失業有兩種，自願性與非自願性，前者是人渣米蟲該死的混蛋，後者則是暫時被歸檔爲產能不合格的多餘人力。麻煩來了，敢有恃無恐不工作一定是有祖產有父母配偶給他靠、掩藏或根本就是大膽無恥刁民，那麼非自願性失業者就概括承受所有廢物、垃圾、劣級品的汙名？

唉，我是多慮了。人藉工作，一如藉他人的注視，證明自己存在的價值。回鍋再造，只是待業時間長短的問題。

那句被用濫的流行語，生命自會找到出口。

何況還有失業救濟金的福利政策。一起被資遣的同事說這是納稅人的權益，不領白不領。

我走一趟蝸在陸橋下四面八方被車流包抄的就業輔導中心。可比廢紙處理機的承辦人要我塡寫幾張表格，用印，核對身分證驗明正身之後，要求我來參加一天的「如何重返職場與心理建設」講習。

我乖乖回去報到，一間小教室五排灰色鐵桌椅坐了三十人，講師唱獨角戲，就業人口的分析，如何培養一種以上的技能？如何在知識經濟時代小本創業？如何因應結構性失業潮開創事業第二春？舉個實際案例，全職雙薪家庭產生外食族、產生學齡兒童的三餐問題，再交叉父母普遍焦慮垃圾食物的高熱量賀爾蒙化學色素，例如小六生就有了月經，你們嗅到了這其中的創業契機了嗎？

又一個時髦女子講師，好甜美的做慈善事業的笑，「每天早上呢第一件事就是對著鏡子看著自己喔，右手握拳敲打胸部，給自己加油，告訴自己，我、是優秀的！我、是很有用的！我好愛你！你如果都不愛你自己，別人怎麼會重視你呢，對不對？」

我翻翻講義，判斷是市政府外包業務給私營的人力資源公司，消化年度預算，請來何不食肉糜講演者不痛不癢的屁個幾堂，交差了事。

午餐一人發一個便當與一瓶養樂多，排隊領取，有個黑衣老姊出狀況，「有素食的嗎？」飯後多數趴鐵桌上宰我晝寢，或剔牙看報，脫了鞋互相摩搓雙腳。幸虧有一少年，運動帽帽簷壓得很低與羞恥心成正比，遮住臉。

那時我想我是來到了太空墳場。

自動門打開，外面四線道車潮捲起強風搶進，在室內小小的龍捲風颳起塑膠袋紙片，鬆動螺絲與鉸鏈，三十個無工作者，三十個尿壺，三十道不知何所終的風。

集訓完畢，可以領半年的救濟金，每月直接匯入個人銀行帳戶，神鬼不知。不是憤世嫉俗，不是自命清高，只是覺得辜負這麼好天氣的下午極爲不智。我逃掉，走得全身大汗，一抬頭，是西裝男丟給我戲票的那家二輪電影院。中午太陽在它類似哥德式建築的尖塔閃著光。

入口的可能是老闆，但覺他像渡河的船伕，湛若秋水的眼睛；我交出票券，得他深深一眼，颼的元神給吸進那瞳仁裡。

兩層樓共分爲五個小型放映廳，二樓有個休息室，有飲料與熱咖啡販賣機、投幣式按摩椅，有個雜誌架，令我失望的都是幾大宗教團體的善書，像自家的客廳，可以當個超級影迷從早看到晚泡一整天。

當晚，我將失業講習的資料袋倒出在書桌上，確實有一本電影票。

我老婆像從不進家門只會來露台討吃的黑貓，隔著紗窗燐火般的看我，似乎有幾分嘲笑的意思，嗨，我們是同一國的。

所以，我很快的再去我的國度報到。背包口袋有緬梔花、海檬果、黃槐、水黃皮、巒樹、阿勃勒的花果。

比其他國人幸運的是，我較他們有更多的戲票。休息室有一扇鐵門通陽台，抽菸的一推開，太陽光照出他們的一些灰白髮與一些皺紋，其實還滿多的壯年人口。譬如嚴重失眠的A君，進場五分鐘後就睡得好沉直到劇終燈亮，換一個廳再睡，如此將一星期的睡眠量補回來。B、C君，專挑愛情大悲劇與家庭倫理劇，讓自己哭到抽筋，憂鬱症暫時隨淚水宣洩盡了，但他們擔心，「問題是這樣的片子愈來愈少了。」D君看完一場得過某大獎的藝術片，幾天後跳樓還順便壓死了一個倒楣的賣肉粽小販。E君堪稱典範，被黑暗中螢幕光影啓動靈感，寫出了一本揉合懷舊、言情與人生哲理的通俗勵志書。

我認爲那是我們的圍爐取暖時候，但只有我捧場將E君的稿子看完，開了名單建議他找幾家出版社投稿試試。

不管隔一道牆裡面是魔鬼阿諾或終極警探或成龍在大開殺戒，來的人大多乾燥，苦澀，遲鈍，膀胱漲滿了，踩扁鞋幫當拖鞋上廁所。每人配有戲票一本，用完了就沒了，除非等到下一輪又成了非自願性失業人口。沒有人會蠢到希望再拿一本吧。所以關鍵在於怎樣善用它們將邊際效益做到最大。也就是說用到最後一兩張時能緊接著重回職場，那就帶著純粹娛樂的好心情進來。

A君提醒我，注意看，這時候，那種發達了便嫌棄窮親戚朋友的勢利眼就出來了，天啊簡直不能忍受這爛戲院、這群窮酸沒出息的同國觀眾。

他驚訝我背包裡掏出的枯乾花果，他說，要交出最後一張票他會心如刀割，好日子過完了，再也不能來了，尤其雨天，冷氣的室內驟然低寒透骨，放映室刷刷刷膠卷在跑，和著雨聲，很有催眠效果。渴睡時特別有一種浸泡在子宮羊水中的安全感。

坐在休息室，面對左右兩扇進放映廳的門，每次一開，聲光洩射，海底板塊於擠壓時放出能量？情不自禁想到童年的鄉下電影院，入口垂地的黑布幕，不怎麼有時間感的鄉人進出裕如，哪管電影演到哪裡，一掀，日頭強光稀釋了銀幕，成了神魔亂舞。

A君搓碎一蕊死花，放鼻端聞聞，說，這裡其實讓我了解一件事，我們不曾好好活過。早上送我女兒上學，她問我那你今天要幹什麼？都沒事喔，你好無聊，以後我會跟你一樣嗎？外面的世界已經沒有我們可以插手、使得上力氣的地方了。

沒有我們容身之處了。沒有了。

他一拍大腿，上身朝我一傾，其實——

每本票子的最後一張是墊底的磅數較多的紙卡，座椅左邊扶手，摸索一下找到了像一粒痣的開關，一按，接筍鬆開，掀起，有一個插槽，老酒鬼那樣抖著手，要不要將卡片插入？要不要？

插入之後，啓動浮士德模式，銀幕上爆炸的強光閃亮了整個空間，牆壁上小燈的燭光數也在那瞬間暴增。接下來可以試想那個煽情小男孩如果跟著E.T.上了太空船，與舊世界一刀兩斷，從此過著永遠快樂美滿的日子，在那個平面電影世界裡。

就像很久很久以前，電玩過關密技的完全破解，金花香菇金幣叮叮噹噹顯現。將磁片壓進，殺人魔溫柔的把刀刺進心臟，狂笑與溫柔的淚同時。

在那小小的擺了許多盆栽的休息室外的露台，探頭看下面巷子，瀕死者與這世界的最後一眼，有雨的傍晚，落著癢癢的黑色灰色，小吃攤掀開蓋子下麵，蒸氣霧出一大團，我突然覺得好餓。好像倒轉望遠鏡觀看，焦距拉、拉、拉遠，畫面鬆開，看見了一顆報廢的人造衛星在外太空漂流。

我將西裝老男人的那本票子轉交給A君。

走出電影院，走到巷口，我回頭，電影院輻射著很溫暖的淡黃色光暈。

我想到年輕的時候，那時，舉國從頭到尾出現瘋狂追逐世紀最後夕陽與新世紀第一道曙光的夸父族。

那時的三月四日，古稱熒惑的火星與天蠍座主星心宿二，子夜後靠得好近，成爲天空最紅的兩顆亮星，有個名稱叫熒惑守心。千百年來，人們視爲凶兆。

那時，從地球啓程已廿五年的「航海家一號」太空船，意志仍堅定如第一日，繼續朝太陽系邊緣飛去探勘；每天大約飛行一百六十萬公里，是人類歷史迄今飛離地球最遠的飛航器。

雨落在鏡片上，眼前模糊了，我摘下眼鏡，口袋空空，全身輕得沒有重量。一長串的明天在街角等著。

一個人擦身而過，我狗鼻子的立刻嗅出那衰敗的荒涼氣味，沒錯，他的目標正是我才離開的地方。

兄弟，祝你好運。我對著他的背影學習當個上帝在心中說。

「以下仍是不變的眞理：唯有工作者得著麵包，唯有痛苦者得著安息，唯有下地獄者解救所愛之人，唯有拔刀者得著以撒。」

「……沒有工作者生出風，而願意工作者生出自己的父親。」

遠行 I

最後一次看父親的臉。

告別式雖然在早上，但父親要使用的場地、什麼景行廳大孝廳，已是當天的第二場，會場布置換湯不換藥，作業流程格式化、標準化，以創造最大邊際效益。鮮花籃架，水果塔，罐頭塔，輓聯，素幛，遺照，另有母親朋友帶了電子琴算是一人樂隊。

父親應該當天一早就被領出冷凍庫，換裝，整理儀容。

告別式開始之前，葬儀社的人帶我們家屬先看已經入殮的父親。當然，也爲了確認死者的身分。

母親選用環保棺材，父親穿著西裝躺在名爲財庫的冥紙上，兩手戴著白手套，腳上卻是棉布鞋。我們挑好衣服連同皮鞋，葬儀社說，「ㄟ，火葬不能穿皮鞋。」母親說，「這襲西裝去年才買的，穿沒幾次，屆時要燒之前，若被剝下偷偷拿去賣了，誰會知。」

父親的弟弟妹妹都來了，我們圍觀他，最後一次。

屋外是中部恆常的好天氣，陽光普照。

我突然發現，父親永遠無神了的臉上，化妝師失誤，將他慣常在左邊偏分的髮際線，換到了右邊。

一如那是在凹鏡中的父親顛倒的臉。

或者，翻錯了面的底片。

是個虛幻的假象。

或者，就是時光機器反轉的一個巧門。

我一下子熱血沿著頸動脈衝到腦門。

猶豫著該不該將父親的髮際線矯正回來。

我很快的抬頭掃視，弟弟與叔叔姑姑們無一人發覺沒了呼吸的父親有任何不對之處。

是否，父親的頭髮此後將永遠的梳錯了？他不會習慣的吧？母親總說父親「最顧的就是他那粒頭。」

想起了童話故事的一小節，去打水的農家女，從井裡撈起浮上的人頭，爲之細心梳頭，放在井垣上。

終究，我沒有行動。

我嚥下這個祕密，心存僥倖，這樣一個小小的違逆，或者，能讓父親多了個牽絆，不會一下子走遠、不見。

原來，死亡的最後一站是這樣的，從這裡開始。

早上八點，葬儀社的人依約來收父親睡在他自己的牀上的遺體。兩個結實寡言的中年人，母親說他們是連襟，其中一個娶太太的妹妹做細姨。

他們以紙尿褲墊在父親頭下，解釋預防翻動時口鼻流出血水或嘔吐物。俐落的以一條印滿經文佛像與蓮座的豔黃巾子包裹了父親。

抬進電梯，很快的經過大樓門廳，抬進廂型車。警衛室空無一人，忌諱死亡的理應逃難似的避開去了。唱佛機一路誦著南無阿彌陀佛。

葬儀社人員領了號碼，我們尾隨護送父親的遺體進冷凍庫，鐵門打開，屋頂很高，背陽，整面灰色鐵皮分成一格一格，檔案屜的拉開，我很驚訝裡面不是一個封閉的隔間，平行的鐵架之間安置著一具具冰涼的屍體。豈不是成了魔術師的飄浮術？

我們沒有多做停留，因爲不相信父親還在那遺體內。

冷凍庫關門前，我回頭一望。

小時候常在芭樂樹上看見蟲蛾以葉片包裹自己成爲葉卷，且被蜘蛛纏絲其上。更看過電視新聞的三峽大壩開始蓄水，凌空峭壁上發現了千百年前的懸棺。

市立殯儀館必然是多年來在有限區域內不斷擴建，顯得雜亂無章，回程走過靈位區，一長排擠得密密的，一月的太陽經過那勾心鬥角的屋簷牆壁，斜斜的照下來，那一張張遺照、裊裊的煙、白天顯得心虛蒼白的燭火、冷餿的供飯與冒出黑斑點的供果，那嗆俗的粉紅塑膠碗盤，一切，令我覺得索然疲憊。

同時，如同充氣玩具的被拔開塞子，我徹底的覺得放鬆，因爲我相信父親從此擺脫了肉體的病痛折磨。

父親，是在十六小時前停止呼吸。

那幾年，我不斷不斷的被挑起的罪咎感，爲什麼土生土長的我們對自己的海島之國那麼的隔閡陌生？

既不知道它苦難的過去，也不認識它美麗、活力的現在，我們與這塊土地的聯繫似乎就只是吃喝拉撒。

我辦公室的小朋友好理直氣壯的翻白眼，拜託喔，不到國民年平均所得比我們高個五千一萬美元的國家，哪叫旅遊啊。而且到處那麼醜那麼髒，又貴，錢是我自己辛苦賺的，爲什麼要在國內當冤大頭？

我行禮如儀般的閱盡以踏察、認識、漫遊、歷史散步等等之名重新認識我們海島之國的諸書，在一個大清早搭上1053車次的自強號，取道日先照的後山大東部，五小時後，在某山鎮下車，按計畫在此投宿一夜。

素樸的小車站，一瞬間靜悄悄剩我一人。售票口後的站務室彷彿人狐洞窟，一人著白襯衫，手腕戴著大而沉重的鋼鐵手錶。

我逐一看完公布欄張貼的交通安全、拒絕毒品、緝捕走私的政令宣導，失蹤人口通告，三軍招生海報，台東縣行政區域與觀光景點小冊子，山鎮的街道圖。車站外視野開闊，柏油路乾乾淨淨，但沒有人的行蹤。安靜，如同濃稠的透明膠水。

我馬上找到一家小旅館，投宿費一夜五百元。內將是東南亞外勞，一身皮肉糖醋里肌的黑裡俏，領我上樓看房間。想跟她討價還價，看她中文甚為生澀，只得作罷。趿著塑膠拖鞋的她給我的鑰匙繫在一長片壓克力上，與櫃檯後的黑板、櫃檯上的茶壺瓷杯、磨石子的樓梯、甬道通往有爬藤植物的後院，整個的還停留在二十甚至三十年前的生活情調。

山鎮有兩分像西部片裡金礦枯竭、淘金客全數撤退的小鎮，走不掉的賴著苟活。我鎮上行腳一圈，即使廟口、菜市場，人何寥落X何多，麵攤吃了一晚米苔目加一顆滷蛋才二十五元，無滋無味。鎮中心幾條路構成一個井字型動線，出了井字就是往中央山脈或鄰鎮去。有座學校建在山腰，操場如同一片梯田，豁然開向天空，也看不到一個學生，唯見四周終年迎向山風海雨的樹群特別高大秀美。居然有公園，蜘蛛結網的扁柏樹身被塗鴉某男生愛某女生，樹叢後是紅漆圓柱的圖書館，日光穿過玻璃門拉長影子有荒山之感。往回走，路邊一排低矮屋簷下大門敞開的廳堂或店面，閒置著方才勞動中使用的器具，主人不見。矗立著甕形玻璃罐的柑仔店旁是一家布店，一疋疋花布以木板捆著豎立架上，器物都久經手澤漬潤，店門是四五扇可以卸下的排門，門口一輛我祖父那代的笨重且生鏽的腳踏車，有車頭燈。

我莫非是搭上了時間列車穿過時光隧道回溯到小時候的家鄉？

我加緊腳步回到旅館，一輛台電工程車載著大概是一隊維修技工回來，戴著黃色膠盔、灰藍工作服，渾身汗臭，大聲講話。

一過五點，山鎮就一片蒼茫意，懾人禁語。

我不服氣，再度外出，走到火車站，一反身抬頭，山氣乘著暮色緩緩的下降，視覺上感覺到那無形的一大塊幽浮那般的一低一低。

我坐在台階上，手握山鎮的觀光導覽手冊，很懊惱發什麼神經來此一遊。白襯衫的站務員——或就是站長？戴上了盤帽，那身白浮拓在鼠灰空氣中簡直一條新鬼。

突然一列火車呼嘯進站，並沒有停車，呼嘯而去。它製造的風暴與音暴，一記記猛烈精準的勾拳，我雖背對著它，都可感到那擊在肉身震傷內臟的力道。

跟著父親一起到家的，是那租來的約一人高的氧氣鋼瓶，瘦長瓶身多處鏽斑，隨行的租賃護士輕聲的教我們如何使用與注意事項。出口閥接了一個盛八分滿開水的透明塑膠罐，碧青的細蕊管通過，生出嚕嚕嚕的汽泡。

與水滾了的沸騰相同的聲音與形狀。護士還幫心肺衰竭中的父親打了一劑強心針。

他躺在自己的牀上，講不出一個字了。

他在快速的渙散，就要像一陣煙霧給風吹去，無影無蹤。

眼珠僵了，像邋鞦韆的一直往上頂，我提防會突然翻到眼睛後，只剩兩眶膠白太嚇人。

他不死心的箕張兩手在半空中抓，右手畫了兩個圈。

母親上牀，跪在他身邊，握著他的手，「握手！握手！再一個！」她重覆了幾次。他手勁還有。

我們跟著焦躁，給他紙筆寫，母親將筆塞在他手上，紙墊在她腿上，「寫！用寫的！」

父親勉強勾捺了兩筆，終究不成。

母親又捉住他的手，「握手！」

我突然了解，母親是在喝斥死亡。

從氧氣罩裡的噴霧可以判斷父親的呼吸急促而躁亂，有幾次眼皮漸漸塌了要睡著。

然後，母親負氣那般的放手了，獨自退去另一個房間躺臥休息。

我們圍著牀，彈性疲乏那樣。

似乎很遠又似乎很近才昨天，大醉的父親浸在放滿熱水的浴缸裡。那時很年輕的母親應是生氣了，不理他，任由浴室門開著。我與弟弟追逐打鬧著，屢屢窺視他。浸泡想必是舒服的，他在解壓的水裡傻笑、睡著了，蓋著下體的毛巾飄開，水光與水色晃盪。我第一次看見他完整如赤嬰的身體。

才過正午的天光折射進屋，映著白牆柔亮。

記憶中另一幕，一隻飛蛾被火光所惑闖入油燈罩，再也飛不出去，牠拍翅，牠暈眩，旋即跌斃。牠死前掙扎的影子被放大投射在泥牆上，是死神恐怖的獨舞魅影。不遠的牀上，被馬匹踢中胸口的農夫就快死了。

我貼著父親耳朵叫他。我檢查氧氣的出氣量，調一下鈕，我想到二手經驗裡那隻撲火的蛾。

他弓起了兩腳，又伸直，大概有些熱燥。

他的手，還是溫的。

他的眼沒有閉緊，微開一線天。

福婁拜在一百多年前、在地球另一邊就替我寫好了，「他慢慢俯身，仔細察看老漢的臉，他看到那半開半闔的眼皮中露出兩顆暗下去的瞳仁，那瞳仁卻像火一般燒著他。」

我等。

「死亡像正午的太陽，不可直視。」不對，毋寧是水上的太陽，我即使怒目以對，以棍以石塊以炸彈攻擊，它還是金鋼不壞，不退半步。

我一旁眈眈注視著父親鼻孔的呼吸愈來愈輕微。

終於，完完全全的鬆出最後一口氣，靜止。燭火被吹熄。

我再等。他左手輕輕抽搐一下，然後是徹底的靜止。

我立即起身走兩步去看客廳壁上的鐘，記下時與分。

而那秒針，第一次我發覺，多麼像切割動作的分格鏡頭。

突然，我覺得那在日暮靜默時大量的釋出的山氣，清新，甘甜，是相當可喜的。

我賭離夜黑還有一段不短的時間。

火車站前連一輛計程車也無，但左邊一家出租腳踏車，環鎮沿河闢有一條觀光車道，給都市人一個見習本土田野的機會。宣傳小冊說明一路諸多遊樂設備，划船，輪鞋，吃到飽與免費卡拉ＯＫ，賞花賞鳥，季節對了有數大就是美的油菜花田，蜜蜂採龍眼花蜜，高高的樹上結檳榔，若下雨了，可觀賞斗笠簑衣全副復古調調的作田人，並與之揮手致意。

我決定走多遠算多遠，首先穿過上頭是鐵道路基的地下道。昨天經過花東縱谷，兩座山間一片平坦谷地，農作物形成整潔的地貌，谷口想必是風口也是光源，離海岸近，天空平滑如鏡，不雜一絲雲屑。而這山鎮外環道一路有指示牌，有地圖索引，有歷史背景解說。一個轉彎，一排歐式渡假村金碧輝煌，更有嘶嘶響的噴泉草坪。空曠的灰色中有糞與田土味，風一過，若竹葉但還更小的黃葉片如雨落。

所謂的河是整治做灌溉用的圳溝。是每個農業鄉鎮都會有的吧。

很小的時候，恐怕是學齡前，一個熱天下午，父親騎摩托車載我去家鄉小鎮邊緣釣魚。

鄉人陋習，死狗放水流，淥淥聲中突然浮出一具狗屍。父親坐在岸邊，只是將釣竿一提高，讓牠漂流過。

夜比我預估的來得早。我賭輸了。

我在一片似乎才灑過肥料的田疇路中，隱約有狗吠。

分辨不出太平洋在哪個方向，但海風吹開天雲，無聲無息，時間，正螺旋狀的全速前進。

無柵欄的鐵道邊堆棧著腐爛木料，一當地老人剛才指點我要抄近路回旅館就跨走過去。

我左顧右盼，尖起耳朵，確認火車不來。才跨出一步，鐵軌路基顆顆鉛白的石粒喀嗤響，我突然覺得再一步就會絆到死亡的引線。

父親的電療時間安排在午後。

醫院的空間配置，本質上是根源於那光頭酷兒大師的觀點——環狀監獄（panopticon），譬如以護理站爲監管中心點，放射狀的病房分布。那點與點之間的物理性聯繫，想像力是十分貧乏的。疾病的控管與醫治流程必須是清嚴的、秩序的。

醫務人員與我將父親與病牀一起推去另一棟大樓地下室，一路甬道、電梯交替，轉彎，迴旋，坡度，往地底下沉。一牀龐然大物，駕馭不易，幾分神似薛西弗斯的推巨石。

他鼓脹一如非洲饑荒兒童的腹肚上，先以電腦與精密儀器掃描定位出欲電療的點，油性筆畫了個X，吩咐注意不得洗掉。

將父親安置妥在一塊長方檯子上，前方便是那酷似時間隧道祕門的大型圓筒機器，操作人員在透明玻璃室裡以麥克風下令，我快步離開，背後傳來彷彿在眞空啓動引擎的低頻嗡聲。

外面的等候區總有一兩位女眾，戴花萼狀的絨線帽遮住大量落髮的副作用，灰撲撲衣服裡裹著太多空氣；總有男眾上年紀的一身條紋睡衣褲與拖鞋，壯年的臉上嫁接一條鼻管，鬥志頑強。

電療之後例行去見醫師，他翻著厚厚一本病歷，喀哩喀按滑鼠，電腦螢幕呈現父親斷層掃描的圖檔，那肝密布著千絲萬點的癌細胞，綠熒熒，游標一點，圖檔放大或縮小，近看彷彿外太空的星雲，遠看比較像星圖。夜觀天象，那是多麼神祕且啓人神聖感的舉動。游標指著腰椎一處遭癌細胞侵襲，醫生無話找話說，我們就是治療這裡，療程兩週，目前進行順利，兩週後再評估是否繼續。正是他之前疼痛的病灶，壓迫了神經，痛得徹夜不能睡，天快亮時兩腿灼燒腫脹，「感覺將將要爆開。」

喀哩喀，醫師再按滑鼠，跳出一張全圖，那是父親全身的骨骸圖。

大頭仔是父親從小的綽號，我看著那頭顱，無法分辨是否較一般人大些。

那個以反骨遊戲人間的大師，我記起他許下的豪語，他死後將大體捐給醫學院製成標本，給眾多恨他且還活著的世人一個提醒、也是一個繼續仇怨的標靶。

我好像聽到癌細胞喳喳喳的啃囓著父親的五臟六腑，一如蠶吃桑葉，不眠不休，牠們歡樂的呼喊著，太好了，兄弟們，上啊，吃給它爽。

父親在診間門外，病牀靠牆，宛如搖籃裡的巨嬰。

從動物的求生本能來理解就容易了，人一旦無能掌控自己的身體，極可能行爲退化回溯到孩童甚至嬰孩狀態，合理化其被照顧飼養的正當性。

父親抗拒、恐懼死亡，有跡可循。一開始，他沉默且固執的嚴陣以待，要求立即進行栓塞手術，手術完成後，他的弟弟妹妹都來了，叫一聲「大兄」便紅了眼眶、流淚，他只是轉轉眼珠，不發一語，不再看對方。朋友來，他也只是顧惜人情的說了句，「不當這麼麻煩，害你走一遭。」還是轉轉眼珠，不再發一語，不再看對方。有個八婆型的遠親，大嗓門反覆喳呼一句，「瘦落去囉，瘦落去囉。」他眼珠便轉得快些。

他的躺姿始終矜整得好像木板上的一方豆腐。

他是在拒絕一切視他爲即將死亡的目光。

他也不看我。他背向即使是他的骨肉後代。

之後開始出現囈語、在我看來無意識的揮舞雙手，腹積水讓肚子一天天漲大。

死亡焦慮接著逼迫他進入肛門期狀況。每隔三至五分鐘，最長不超過十分鐘，他就起身下牀大便。

他以我從小習慣的嚴父姿態命令我搬來便桶座椅，遞衛生紙。我移動點滴，迴讓連著針頭的細管不要給扯飛了，拉上簾子遮掩。然後將上述動作反向操作一遍，還原。等我清理妥便桶，回到牀前，他又起身要大便。如此一次次的輪迴。

在那死亡焦慮、糞便排泄的轉換拉鋸戰，我個性的懦弱、僵直不變通讓我成了木頭人那般對他無所助益。

換母親與弟弟看護時，尤其母親，由軟而硬的與他商量、拜託、脅迫、喝斥，「再十分鐘，你稍忍耐。」「便桶椅子扔了，你問護士。你看，沒有了，你找得到就讓你放。」「不當這樣孽死人。」有時候，母親擔心是肝昏迷，啪啪打他臉頰，母親不曉得爲什麼笑了起來。

終於，在一個傍晚，他向母親申訴守夜的看護工如何的壞，有夠蹧蹋人，一點通融也不肯。突然就哭了，像初入學的小學生哭訴是怎樣的被欺負。

我後退兩步，看著他流淚，一腔怨氣抽泣著，看見他口中的銀齒，覺得非常非常的陌生，與些許的惝惶。

經過那一場哭，他平靜了，肛門期狀態結束。

是晚，他睡了住院後的第一場好覺。

父親還是守口如瓶。可是我心裡知道，他開始面對自己的死亡，如同步入一池熱水，先以腳趾試溫度，然後下半身、全身浸入。

一夜好眠，藥水味的早上，我扶父親到浴室去，幫他刷牙，他對鏡伸出舌頭，很厚的灰白舌苔；我要他更衣，順便擦洗身體，鏡子裡有那累累垂垂的性器，孕婦——甚至非洲饑荒兒童般的大肚，縮皺粗糙的皮膚，而他的十隻腳趾甲被黴菌啃囓得醜爛。

護士每日記錄追蹤父親的腹圍，判斷積水是否過量，最高有九十公分。我感覺得到他在每次護士宣布數字時的懊喪。

曾經，我視而不見他最好的時光的樣子；現在，他無言的以他的肉身先一步展示給我知道死亡的面貌就是如此。

那天早上，鄰牀住進來一位老先生。

母親與他家屬阿婆攀談起來，居然有交集，母親的一位堂兄與老先生曾經是某金融機構的同事，愈談愈入港，阿婆源源本本託出老先生的病歷、她童養媳的身世。

「拖時間而已，九十歲了，夠本了。上個月也來住院一禮拜，來來去去若行灶腳。早前是胃癌，今嘛大腦也一粒，要開刀醫生坦白講也無把握。整個人頹得若細漢囝仔，常常連放屎也不會。以前做總經理，多有威嚴，後生個個見面若老鼠見到貓。我就講，你逐個要上班的照常去，我還支拄得住，若連我也倒落，全家就艱苦。我自六七歲就給人分做媳婦仔，奉待尪婿足足一甲子還較多，相欠債，就剩這一樁。」

阿婆記憶力驚人，老先生幾歲退休，隔年去美國參加屘兒的博士畢業典禮兼婚禮；幾歲跌了一倒，跌斷大腿骨，身體自此變差；幾歲便血，每兩三年就檢查出新症頭，一次比一次難治……。

老先生午後睡得最沉，百葉窗密密的防堵了天光，我母親與阿婆坐在窗下，喊喊唬唬。

阿婆走路內八字，鵝行鴨步，全口白皙假牙，走過來塞給我一杯柳橙汁，「來，阿婆請你呷。」那手粗糙暖和。

但老先生便祕鬧了起來，隔著簾子，那隻手啪啪的打，似是打臉又似是打屁股，「轉，你要轉去哪？轉一個芋仔蕃薯啦。」「這樣打干是會疼？不聽話我就照三頓打。」

「講不聽，這藥呷了，屎就放出，人就輕鬆。」

她探過頭來，「有吵到你們無？」跟我母親說笑，「少年時管我若在管學生，性子又壞，若雷公，我時常給氣得袂在便所偷哭，今嘛換我趁機會修理，報一下老鼠冤。」

週末，老先生子孫都來了，克制而有教養的斂聲低語，家族聚餐似的每家帶幾道，傳著吃。還是阿婆發號施令，讓孫子個個輪流坐到牀沿，「給阿公惜惜，要阿公聽阿嬤的話。」老先生說話了，聲音細得像蚊子嗡，「較大聲，我聽無——這是誰你不認得？慘了。阿平你去叫護士來給阿公注射，注一支大管的阿公就會認你。」

老先生提高音量，抖著，「人已經在艱苦，在可憐了，不當這樣戲弄。」闔人的細聲細氣。

孫子們嘰嘰咯咯的笑了。

天氣很好，百葉窗拉開，蘋果綠的簾子映著天光，映著將那一家人皮影戲那般。晴光從玻璃窗沿著房頂伸張，白漆更加強化光朗的效果。又因爲人氣足，竟然有著樂觀的氛圍。讓我們以爲這裡只是生老病死長途中的一個小小驛站。

下午睡飽了，老先生晚上精神好，合作的吃了藥排了便，童心大發，屢屢掀開簾子要看看病房內側這一邊，阿婆阻攔沒成功，老先生一手攏開簾子，探出那樣一顆漆亮禿頭，因爲拿掉假牙而內癟的嘴笑得甜滋滋，像個朽壞了的老舊玩具。父親轉頭看了他一眼，臉頰瘦落而凸顯的大眼裡，他是惱怒的。他在計較，怎麼你活得比我久，也死在我之後？

隔天，老先生出院。

父親總共用過四個看護。

看護時間晚上八點起，到翌日早晨七點，醫院公定價格一晚一千元。早上與看護者交班時，家屬奉上一張千元鈔，順便確定今晚是否請他再來幫忙。相當輕便的交易。

是春天才爆發過SARS的瘟疫年，官民一致對疾病與病體的管控有了新體認，設檢查哨、量體溫、戴口罩。醫療體系與類似的官僚組織讓那醫學中心成爲一座巨大的迷宮與審判庭。

不過幾年前，我送一位同齡朋友搭救護車進醫院，急診室裡他瞪著房頂說：「大概出不去了。」一語成讖。

看護一，有些娘氣的中年人，白天已經在療養院或安寧病房工作，經驗豐富，是和善也是世故的懂得先安撫病患家屬，軟腔軟調，教我們注意不要過了重症者的氣，尤其是處理排泄物時，背包裡拿出一盒薄膠手套是必備工具，連同腕上蜜蠟佛珠與隨身一寶特瓶的草藥茶都是防身利器。「古早時哪有在住院，阿公阿婆在家躺幾日，早上端稀飯去餵，哇，沒氣了。」

我們看他輕手輕腳的細心模樣，很放心，但三四天後，父親半夜下牀繞過他走到護理站，要求出院，腿一軟，頭撞櫃檯的跌癱地上。護理長認爲看護失職，下令換人。父親抱怨他，一睡就睡死了，齁齁叫，叫不醒。

再來的看護就油條了，大概是退役的職業軍人，戴頂有扁娃圖像的絨線帽，披著草綠色的軍用夾克，黑布鞋，流利的國台語雙聲帶。才看兩夜就不幹了，冷著臉嫌父親的折騰人。他看著我們瞞著院方讓父親偷吃的中藥藥罐上的標籤，「黃耆，黃精，桂枝，甘草。按理講，這成分是溫和的，會不會睡前吃了這才不睡覺的？奈米化，這又是什麼？」

看護三原是王功的蚵農，吃了晚飯開車趕來上工，搖頭嘆景氣差錢難賺，但等明年開春就不再做看護了。海口人特有的粗糲實感與泥土味，被烈陽吃出深刻的皺紋。

我隱隱然知道，幼時被貧窮窘迫甚深的父親，很早便立志要逃開譬如海口人那樣的命運吧。已經不存在的故鄉老家，曾有一套唱盤與收音機，祖母說那是父親用第一份工作的一整月薪水買的，很小的時候，我即著迷於那現代文明機器，學會自己放唱片，聽到了德弗札克的詼諧曲與小喇叭獨奏的〈Love Is Blue〉，非常傾心。看著漾著漩渦的黑膠唱片上自己的倒影，簡直虛榮極了。鄰居玩伴志坤家也有電唱機，放出了割雞喉嚨似的〈郊道〉、〈王昭君〉，我居然驚詫那是什麼音樂？廿四歲成爲人父，父親沒讓我嘗過一絲一毫貧窮的滋味。

看護三粗短的右手的無名指與尾指短了一截。八指將軍黃興。

父親連著幾日沒有排便，軟便劑、瀉油照著三餐服用也無效。看護三戴上膠套夜半動手，一早接班時告訴我，「我半暝用手去挖，慢慢絞，慢慢迴，吼，艱苦是一定艱苦的，果然，放很多，放出人就快活了，睏到天光。」獨特的海口腔，我當作是說書或布袋戲的口白聽。

父親齜牙咧嘴嘖嘖說，「夭壽疼。」母親問，「總是較輕鬆了吧？」他點頭。

一早我進病房，海口人已端坐著，腳上套著濺著檳榔汁的白膠鞋。長年的勞力使他與父親看似年齡相近，還更多了三分鄉氣。幾次我不免胡亂想，設若父親當年仍舊走的是家鄉大多數男性一如海口人從土裡耕作、向天討食的道路呢？

最後的那位看護，很年輕的胖大個子，陪父親徹夜沒睡聊到天亮，討論走火入魔的總統大選藍綠陣營的輸贏。我趕到時，父親給扶起坐在牀上，口鼻上覆著氧氣罩還是呼吸急促。我遞出一千元紙鈔，看護四朗聲問：「不是一千三嗎？」我怒極了他那毫無憐憫的禿鷹狀，一口惡氣堵在喉頭，轉身去握住父親的手。

我看著父親胸腔起伏，瘦削下來顯得又圓又大的眼睛，如奔湍激流，如史前的獸穴，如爆炸的星球，如送上屠宰場輸送帶的牛羊，無力留下陽世任何事物的影子。

父親，踏進死亡的激流了。

在間奏的房間I

考你一個問題，這應該算是民生還是農業問題？台灣稻作一年有幾期？每個期別是在哪些月份？

那年的二三月，每週有兩個晚上我在西部幹線的夜班火車上，因為我老爸肝癌末期快死了，從身體不舒服到檢查出結果，不到十天。醫生建議我先接洽好安寧病房，讓他能走得少幾分痛苦就少幾分。我聽過太多，肝癌末期是相當折磨的。C君，我的律師朋友，引介我去見一位有神通的高人。我極信任C君，而且我不相信一直像個彌勒佛紅光滿面、高大的老爸居然那麼快就要消失，無論如何，我得將他搶救回來，任何方法我都願意試，雖然很明顯的我可以掌握的時間很少。

我懷著老爸的一張近照，一出火車站就進了C君的車，十幾分鐘後來到一棟燈火輝煌的透天厝，穿過瓷鯉魚噴水的小水池，鋪著紫檀木地板的屋裡已擠了數十個人，一個香扇墜子那般的女的穿梭著發號碼牌。一條長几上，幾個仿水晶大盤子積滿了米果、旺旺仙貝、蘇打餅乾、堅果、麻糬的素食點心。想必燃著上好的香，所有的信徒輕聲說話，小心行動，一起釀造出同修共渡的和樂氣氛。

我跟著C君五體投地的頂禮跪拜，那高人端坐在太師椅上，很平凡的一個中年婦女，若走在人群裡，不會有人注意她，但兩眼精光四射，臉白如玉。我跪在高人面前，遞過我老爸的照片，說請師父幫忙。

她看我，閃電那般一鞭，問我要怎麼幫？她端詳著我老爸的照片，淡淡的說，天命難違、不可違你知道吧，時間到了就是到了。

我發現我聲音顫抖的又說一遍，請師父幫忙。

幾秒鐘後，她說，關鍵在你。原本一手支頤，她一正身子，右手拈了個訣，對照片中我老爸邊比劃邊唸了一長段什麼，然後要我來參加法會。

C君比我還興奮，跟我解釋師父這樣表示她對我很好，投緣，多少人要參加法會面試了好幾次還不一定過關呢。

我再度搭上火車，三小時的車程，乘客約有七成。二三月雖然時令算春天，可還寒冷得很，窗玻璃暈著昏霧，有人進出的話，門一開，那廁所的臭氣咻咻的捲進。有幾小段，火車搖晃得很厲害，地層下陷的關係嗎？還是長久以來這個島的土質在全面粥化的流言？鐵道百年，我個人對於它的美好記憶是十二歲小學畢業，我小弟出生，把我老媽搞得差點難產，我老爸送我上火車，讓我一人自行回中部祖父母家過暑假。十二歲出門遠行，喲嗬，明亮的金黃色的夏天，窗外的景物一路的飛，每停一站，我都認眞的背下白色壓克力上的楷體藍色地名。隨車服務員提著大鋁壺給乘客泡茶，用的是省農林廳的茶葉，茶托一翻，滾水瞄準一沖，整杯放回茶架，簡直變魔術一樣。我鄰座的胖女人嗑一路的瓜子，到了豐原站起來，嘩啦啦抖了一地的瓜子殼。隨著車速而來的印象是粉蠟筆畫那般，火車轟轟往前奔，時間在流逝，景物被往後甩，不變的是那太陽的光與熱。

法會結束後，大家法喜充滿的解散了，借的是里民活動中心的禮堂，那類公用建築的地點不可能會好，大門口的夜風總是非常炎涼，颳起了塑膠袋與舊報紙與建築工地的泥沙。我根本無法確認冥冥中我究竟盡了多少力救到了我老爸。我跟著唱誦那不可解的經文，伏地跪拜，熱淚盈眶，看不到虛空中趕來了多少孤魂野鬼。C君從沒告訴我是如何認識高人、爲何決心做她的弟子，即使我聽過許多關於C君的靈異事蹟。C君只告訴我，我們存活的空間其實另有許多隱形的門窗，我們的基因或多或少殘留著沒有抹除乾淨的記憶軌跡。

百年鐵道，車廂散發著鐵鏽的酸臭，駛過了平交道，離開了市區，然後是大片大片的黑暗曠野，中間穿插了汽車旅館的霓虹招牌，夜霧裡一如夢幻奇花，呈現液化那般又是冒煙呵氣又是滴淌、噁心的感覺。除此之外，黑暗中幾乎看不到人家的燈光，不過是晚上十一二點，即使到了站，上下車的人也以最快的速度行進，一瞬間只剩那粗糙的水泥糊成的月台與地下道。怎麼一路都只有汽車旅館的霓虹招牌還大亮著？象徵那蠕動的齷齪的欲望與交易。霓虹燈之後，我貼著玻璃窗定睛看了許久才辨識出沿鐵道的水田，沒有稻作或其他農作物，凝結著油污似的一攤暗光，田岸蒸著黑灰的夜霧。轟隆經過陸橋，橋下一大片廢棄機車。

偶爾有個巨型看板，讓一排甲蟲般的探照燈燒烤著，旁邊碩大的水泥圓桶，浪型鐵皮屋頂的廠房。

你一定記得我們小時候那個苦命又短命的詩人，爲了趕看一場電影在中華路鐵道被碾死，他一腳踩進鐵軌的縫隙，拔不出來，火車來了，圍觀的人們只能大喊爬啊爬啊，眼睜睜看著車輪碾過詩人的腿。也就在我搭夜車爲我老爸奔走的時候，我讀到詩人的好友提出新的看法，根據他的日記顯示，詩人極可能是厭世自殺的。

我們存活的空間那些隱形的門窗，在一些無人知曉的時刻，被一陣充滿鄉愁溫暖的過堂風吹開，火車在百年鐵道上咬牙切齒的奔馳、搖晃，我還記得有則新聞，一個大頭兵蹲在車廂外走道打開車門抽菸，被一個躁鬱症孕婦踢下車，摔死了。火車謀殺案。

火車更是我阿嬤的噩夢。有一年，我老爸帶我阿公阿嬤搭火車，車頭啓動了，我那有時秀逗秀逗的老爸才發覺上錯車，硬是推著我阿公阿嬤跳下車，月台上跌成一團，險些沒給捲進車輪下。之後好幾年，我阿嬤每看到火車聽到火車聲，就嚇得全身發抖。她娘家一個親戚的丈夫，在冬天夜晚騎腳踏車經過陡峭的一個土坡與竹林後的平交道，被火車碾斷腿，隔天早上屍體被發現時，有人家才說半夜有哀號聲叫得非常悽慘，他們以爲是髒東西作祟。

我想，在那夜班火車上，我是虔心的等著那隱形的門窗能夠奇蹟的打開，門框是熱融奶油的光暈效果，如同告解室的門打開，如同子宮打開，如同你向第一個情人打開你的心。

好，我得告訴你我老爸的黃昏之戀。死前一年他在常去唱日文老歌的卡拉OK店認識了一個寡婦。我老爸與我媽雖然是自由戀愛的，但愈老愈會吵，愈吵愈凶，吵的據我看都是雞毛蒜皮，有一次我老爸用公共電話說我媽肯定想害死他，先是一整個禮拜不做一頓飯給他吃，然後燉了一大鍋豬腳、牛肉、羊肉，「一片菜葉也沒有，我無騙你，存心想讓我呷得高血壓，大條血管爆破。」我好笑，我老爸從我有記憶起就是個無肉不飽的肉食動物。

我媽氣得胸膛鼓風，形容那寡婦，金魚目，下巴若煎匙，下盤一大模蒸籠，「生得美也就算了，若一隻蟾蜍。」「嗬，平常時叫洗身軀得三催四請，現在若要和伊約會，浴間霸一點鐘久，又不是洗刷豬公，還會散痱子粉。給我笑一次，自己見笑，換約會前一晚洗。」

我老爸與老寡婦的約會是在熱天午後進行。拜市區重劃、交通軸線翻新的地方建設之賜，出現了林蔭散步道，他們並肩坐在黑板樹下的鐵椅子，冒著被野鴿與麻雀的糞彈炸到的危險，談戀愛。

他們觸目所及，所有的道路與地面覆蓋著水泥與柏油，太陽在天頂，行道樹的樹冠靜止，空氣乾燥，落塵量大，而他們兩人的汗腺也到了萎縮的年齡，那是一切羅曼蒂克的神話停擺的時刻。

更讓我媽抓狂的是，眼線來報，他們去找一位盲眼半仙合算了八字與姓名。

我老爸住院那天，才在牀沿坐下便借我的手機打給老寡婦，隔天一早，她來，粉團臉福福泰泰的。我老爸板著臉向我擺擺手，我楞了一下才意會是要我迴避。

她主動的拉上了簾子，拉得很嚴密，提防我偷窺。

我沒有惱火，繞著那回字型的走道一圈圈的走，才第二圈，我就聽到我老爸的啜泣聲。

生平第一次，我聽到我老爸哭，居然聽起來像在學校被那些大個兒鴨霸王欺負、受了多大委屈的小孩子。

我繼續走，繞著回字型走道，我看見每一扇門裡是一個個病體單位，它要求手術般的殺菌、潔淨與理性，死亡在這裡只是流程的末端環節，體制的最後戳記欄位，甚至不是一場儀式，即便眼淚都是那麼的不宜。

回字型走道的缺口是俗稱逃生門的樓梯間，常有一些老菸槍病患躲到那裡解菸癮。一扇大玻璃窗，望下去，千家萬戶的地貌醜陋，暴雨之後堆積不去的漂流木、大型家電、塑膠、豬狗屍骸也似。細看，建物之中有一列火車行駛，它奮力的移動出了時間感。

早上的太陽在大氣層裡攀升，我沐在那東曬裡覺得溫暖極了，錯覺自己這一身血肉會蠟那般的融化。

浩浩陰陽移，這一日很快就要過去，我等著，等著感覺對了時間對了，我伸手觸摸這被太陽熱能輻射的玻璃，是否會是一道隱形的門窗為我打開。

遠行II

前一日上午，火車經過南澳、東澳，車窗豁然大亮，是海的色與光，在與陸地接壤處吐著白沫，極簡風格的海岸。

玻璃窗隔開了季節感。

我想，這與蔚藍海岸可有幾分相像？

山鎮逗留一夜後，第二天早上繼續我的環島之旅。

進入太麻里，又遇見海，一路搖晃到金崙，漸有幾分南洋風味，金光跳躍，確實是令人衝動下車盤桓久久的海景。

我無端的又聯想到加勒比海、甘蔗酒、Bosa Nova、伊帕尼瑪女孩。

這是我第一次眼見為憑的海島南端，既陌生又熟悉。

多良站，海拔十五公尺，號稱海島最美的海景車站，海面水汽迷濛，乍陰乍陽。

從新吉隧道開始，南迴線總計三十五個隧道，合計總長三十八公里九五四公尺，全線更有一百八十八座橋樑，鐵道藉此在中央山脈尾椎穿孔剁切。

不斷的隧道進出，陰陽的切換，而地表的遮掩與阻擋很少，被山綠與萬里晴空所包覆。

因此沒什麼好作為的，遂空出了更多的無人小站，香蘭，富山，內獅，枋山，三和。

隧道內如同幽浮，時間魔術師出手的好時機，車窗玻璃反映日光燈的流影，幻成泅泳的水母。枋野二號三號隧道口有風速警示標誌，當風速達每秒二十五公尺則火車需暫停隧道內，以免遭每年十月至四月間盛行的落山風吹墜。枋野二號橋有架設防風網。風力酷虐，剝削草木，該處遂成惡地形，一片荒礫。幾處隧道，據書上寫，更具軍事功能，戰車得以駛入，成為最佳掩體。

這時候，隔著中央山脈、晚睡晚起慣了的父親想必還賴在牀上。

先前電話裡，母親說近來父親睡得更晚，她做好午餐了還叫不起牀。

海島於我眼前，只剩莽綠一角，其他全是汪洋。

轟的又進隧道，魔術師滿布鉚釘的道具鐵箱砰的蓋上，時空的蜂巢暗祕的打開，我得以在不斷分歧、蕪蔓的樹枝狀地道裡自願迷路，窩藏在密室好安全。

日光太豐盛，紫外線強烈到殺菌致癌，同樣的，那是違背生的意志，折射出死亡的七彩。

我重看見正年輕的父親，在家鄉舊厝西曬的房裡躺得好端正的午睡，胸膛應著呼吸起沉。

我用竹筷綁製的小步槍，綳上橡皮筋射昏盹在水泥階上的蒼蠅，不幸被我射中，一個仰翻，搓著腳求饒。我以筷子頭補上一戳，或者一一拔掉其細腳，著迷於牠的大頭複眼。

水泥階上嗡嗡的太陽，好幾隻才僵死的蒼蠅屍體。

我躡腳走向父親，伸手去探他的鼻息。日頭在房裡生出好龐大的影子。他人中與下巴的鬍根一針針的黑亮。

枋山站，火車出中央山脈。內獅，凌空下眺屏鵝公路與養殖魚池。加祿。然後枋寮到了，我亂逛走去看了看海峽與消波塊之灰，毫無奇特之處，想不通通緝犯黑道殺手如何偷渡出境。

海島至南，尋常的一日，堤防邊的沙灘上只有兩個小孩跑來跑去，不知玩些什麼。

很久以前，父親帶我與大弟與懷孕的母親去他工作的中部山區，工廠後面一條溪流，冬天乾旱裸退出大部分的河牀，被沖刷得渾圓的灰白石塊如同恐龍蛋，一直纍到天邊，我與大弟脫了鞋襪向水深處走去，竟然非常的冰刺湍急。

公路局前大街想必是小鎮的幹道，不停的有往來墾丁的遊覽車，車身鮮豔油亮的烤漆，滿載炎陽之味，上上下下都是吱喳得好快樂的大學生。我遲疑著要不要跳上車，貫徹我的南行之旅。

結果我去了潮州。不願問人，但隨興亂走邊找特產燒冷冰，腦筋轉不過來電影《潮州怒漢》與這焦熱小鎮有何關係。同一時間，父親在海島西岸家中呼嗤呼嗤大聲的吃完簡單的午飯，安逸的泡了茶喝，邊看電視新聞，就出門散步順便與朋友碰面，藉此排出一身濁汗，算是一天的運動。

大旱狂熱的一年，植滿黑板樹的綠園道雀鳥也中暑摔落，我老是忘了提醒他，小心被鳥糞濺到，厄運的象徵。

當我搭上客運車直奔屏東市，風裡夾著豬屎臟氣，他也回家了。

我在那氣氛仍停留在二十年前的車站，下不了決心是去龍泉美濃或三地霧台里港，街心已經涼了的太陽一如隔餐的老油條。

我忽然心亂如麻，不想回家，鴕鳥心態推拖著不想見到病中的父親。

當我借住友人家，窗下是稻田與火龍果園，我頭一放在枕頭上，倦意湧上，而他的夜晚才開始，是日的酒量才喝了一半，正好熱了身可以練唱日本演歌。

我保存有一本小學生字典。是我因著小小的虛榮心與占有慾吵著父親買的。

那是一次不愉快的買書經驗。

他無從拒絕自己做為一個供養者的責任，即使是在他那麼年輕的歲月。被我又吵又求得煩了，帶著相當惱怒又自抑的臉色帶我去巷口的書店。

我猜，他是想訓我吃米不知米價，家裡艱苦，你還硬要買一本無用的字典。

父親掏錢付帳時，我拿著那本字典，占有慾瞬間蒸發，取代的是很深的羞恥感。

成了制約反應，每次拿起這本字典，我總不由得臉上燒了燒。

但我一直保存著那本字典，與它同在一起的是以踏察、認識、漫遊、歷史散步等等之名要重新認識我們海島之國的諸書。

早幾天前，母親電話還告訴我，父親身體不太舒服，腰椎總是疼，懷疑是骨刺，躺了三天不下牀。

我起了個大早，將一堆書放回架上，出發去搭乘走東部幹線的火車。

微潮的、還沒被太陽蒸乾的清早。

第一班的捷運，我在半空中看著初醒的台北市，白千層與樟樹的樹冠吟哦的晃著。

父親還睡著，與他的癌細胞正好眠。

星光燦爛那夜

我初老的時候，忽然對文字與閱讀感到困惑與厭倦，如同吃傷了。任何書——我指的當然是紙本書，我都提不起興趣。

十幾歲時，我常在週六下午，窩在後院小板凳上看圖書館借來的小說，如果是秋冬，太陽曬在背脊上，或者從卡其上衣的領子裡直曬進去，曬久了便生出一種奇異的感覺。

偶爾有午雞啼，光照裡浮沉著纖維與塵埃，快曬乾的衣服輕而鬆。手上的舊書，吸收過太多的手汗與潮濕，發黃、鬆泡、重。

何其幸福而遙遠的時光。

那經常是一本跟「此時此地」距離遠遠的書。雖然，不至於像「某天，我讀了一本書，我的一生從此改變。」那般的戲劇化。但是，我相信眼睛、大腦與文字三位一體，具象而言，是礦工或者穿山車「大約翰」那般，打通過去或未來與此時此地的隧道，貫穿之時，書頁中衝出一道強光，照亮我們的臉，光波射穿我們的胸膛，在我們的內在引發一場光爆。當然，那光也極可能將我們的腦神經烤糊燒焦，走火入魔，終其一生變成一個大秀逗或神經錯亂。

用我自己的話，看書──爲什麼我們老是文謅謅的講閱讀？──的最大滿足，如果夠幸運，文字串聯意義、意象與思想，成爲一列滿載彈藥軍火的午夜快車，跨越國界到達那天乾物燥的小站，等候已久的火車大盜以雷管攻擊，那爆炸的巨大能量將元神震離本尊。等我們回神，轉頭一望腳下的昔日的瓦礫，才意識到周遭的世界開始改變。

我是這麼想的，閱讀行爲就是一種揭密儀式，吃下了祕密的果實，沒有回頭路。倉頡造字是非常有意思的神話，天雨粟，鬼哭神號，文字做爲揭密的符碼系統而遠不止於傳播工具、意義的載體。如果我們將紙本書代換爲一疊厚厚的、邊緣捲曲的病歷，結案報告，判決書，企劃書，甚至某個家庭主婦的流水帳本，掀開第一頁的那一剎那，爲什麼我們的心臟總是跳得那麼亢奮宛如犯罪？

在我給你看底下的故事前，我要你先看這一段，作者是三國時代吳國丹陽太守沈瑩，在他所著的《臨海水土志》寫著，「夷州在臨海郡東南，去郡二千里。土地無霜雪，草木不死。四面是山，眾山夷所居。山頂有越王射的正白，乃是石也。此夷各號爲王，分劃土地，人民各自別異，人皆髡頭，穿耳，女人不穿耳。作室居，種荊爲蕃鄣。土地饒沃，既生五穀，又多魚肉。舅姑子父，男女臥息共一大牀。交會之時，各不相避。能作細布，亦作斑文。布刻畫，其內有文章，好以爲飾也。」

那麼，從夷州起站的列車來了……。

首先，我們看見他醒來，手一抬，身上的露水涼意就像一牀被子滑下。

天亮前短暫的寒凍時刻，讓他全身微微痙攣，大概是尿意太漲了，陰莖居然硬了一硬；經驗告訴他，這是夏天到了的徵兆。

夏天到了的另一個感覺是踩在泥土地時，腳掌有暖意了，兩條腿因此輕靈了。

這是他回來的第三天，早一星期前來看，一地的番薯葉與咸豐草，綠得眼睛很舒服。

隔著一條不寬的柏油路，那邊是菜園，還有絲瓜架、兩列芭蕉樹、一棵柚子樹。菜園顯然是荒廢了，菜金菜土不再，亂七八糟的雜生著野草，畦徑躺著一捆半埋在泥沙裡的鴨蹼黃塑膠軟管。菜園左右兩邊曾經被闢成停車場，現在電動鐵門與鐵絲網都是褐鏽，好幾株纏成一大叢竄得比人高的馬櫻丹爆著豔黃花。柏油路彎曲深入先是一堆違建那般的民房，上了山是亂葬崗，市政府整頓過，山坳建了座納骨塔，貼了移葬公告，一些無後舊墳給開腸破肚後遇上幾場秋雨便綠森森的成了爛泥坑，讓笨狗跌進幾次，嗚嗚咽咽了一整夜。

從他的窩望去，山勢緩降，似乎只是土坡。這時節的晴天，潮濕多霧，空中懸浮微粒濃度高得讓市區恍惚像一張印象畫，聽不到一丁點市聲。

島修已經開始一星期了。

他的牀榻處原是一方水泥地基，三扇拾回的門板材質各異，遮擋起來可以睡得踏實些。之前回來清除野草，荒地擺上一個裝滿清水的家庭號牛奶塑膠罐，方圓一公尺，野狗不會進入。這是許多年前他在一個高地社區當警衛，住戶中愛車如命的留美室內設計師教他的。當初嗤笑，老美的狗那麼好騙？

連續五年，熱天時他回到這個窩，大寒之前離去。一條窄巷通往前面一排煉瓦紅磚牆公家宿舍，人氣本就稀疏，三年前擴寬馬路，一下子十室九空。怪手喀啦一鏟鏟除房舍前半部。他因此撿到了好多家電家具，多到令他煩惱。限期搬遷最後一日，一早來了兩卡車的軍警，軍靴劈里啪啦圍了兩圈，那些他一直只聞聲未識眞面目的人狐仙那般的男女老少終於露臉了，不得不走，個個低頭不語，一雙雙怨怒著星火的眼睛，或揹或挽著家當。遠看很像被押赴集中營的畫面。九月開始拓路工程，天天晚上好香好迷人的樹木主要是樟被剁被斬後的氣味，好心的鬼魂那樣指引他一家家自由出入，在那殘破空屋裡像個進行田野調查的人類學者檢查一件件沒被帶走的物件，舊報章雜誌，紙箱塑膠袋舊衣服，桌椅櫥櫃，一大套藍色書函裝著發霉的線裝書，還有一疊獎狀、一袋鎢絲都斷了的燈泡燈管。一粒晚熟的芒果掉下。好快樂的看著牆上的水漬抽象畫，小心拆開梳妝台水銀剝落的菱鏡試試有無國防機密文件還是布諜名單，是麵粉或是粉掉的蛇木灑了一廚房，他小心的不踩踏，以爲是扶鸞的遺跡。最後是坐在紗窗曬進的夕照裡，小學生識字那般的埋首讀著一大紙盒舊照片裡的一捆舊信，雖然有看沒有懂，彷彿熱茶冒著蒸氣的光與熱中，他心跳加速噗咚而熱淚盈眶。

拓路工程不知道因何草草結束，那一片老宿舍自然也就成了廢墟，連帶的讓這一帶更形荒僻。

睡前捧著那盒照片看，直到手電筒的電力耗光，微黃的光暈暖著照片裡每個人的容顏都是那麼的年輕好看，無有時間的壓力。全家出遊到了某處湖山，鏡頭仰角，也攝進了那日的晴空。他幾乎錯覺那是他當初走岔了路所以未得擁有、但被裡面那三角臉的男人偷去的人生，他撫摸著那嘴角一顆痣、離散好久好久的妻，雖然身穿洋裝可還是虎背熊腰，還有兩個頭髮剪成鋼盔形狀的小女兒。燈光漸弱，留在照片裡所有的暖日晴光仍源源的湧出，從指頭輸入，讓他渾身發燥。在稍後的夢裡，他的魂魄附身於一隻飛鳥，空中看著屋瓦上的早霜融化成露水時閃著冷寂的光。

一株瘦骨伶仃木瓜樹，這次，竟然結了腫瘤那般的果子好幾個。

去年的氣候簡直發瘋了，五月中開始焚城那般的熱，尺長的蛇昏睡在路上，但十一月，盆地邊緣海拔不過七八百公尺的山頂居然落雪好大一場。他撐了幾夜不敢睡怕凍死，光害嚴重的夜空透出幾顆星，他決定收拾兩大袋往市區逃命，走前用黑色塑膠布密密蓋妥壘在牀榻上所有家當，再用磚塊石頭壓緊。

寒熱大反常的兩季之間，他完全不知道再一次的，那種具抗藥性的致命病毒跟著第一道東北季風登陸，造成介於重感冒與氣喘的急性傳染病，北城遭封鎖一個月徹底消毒。他只奇怪那陣子救護車的鳴笛整日整夜的哭嚎。

在過期雜誌看到標題「這一場古靈精怪的瘟疫」的報導，已是新的一年，重操舊業不需數日便上手，最主要的他又惆悵又歡喜的發覺手腿的勁兒還很強，死亡離他還有一長段距離。憑以前的經驗加上一個多星期的實地考察，他抓出兩條冷僻的路線與時段，以一只帶輪旅行箱開始撿拾廢紙，立即切入城市的律動與流程。

重新接觸人群的感覺相當不錯，而且他勤於沐浴更衣，並不讓自己發散腌臢氣味，得以讓城市人譬如那些倉儲人員、店員、大樓管理員，以時段賣勞力者，視他爲廢棄物處理編制外的一個小環節，逐漸發展出共生關係的默契，偶爾讓他有額外收穫。

就中就屬小陳對他最友善。第一眼看到小陳，他心裡掠過一道冷顫，遇上了同類的共鳴，只是小陳渾然不知他的未來已經來到眼前。

上完貨架後的空紙箱給集中堆放在防火巷，小陳特地帶他去收。只用過一次的紙箱簇新完好，而且好聞，可比夭折的處女身體。地上潮濕，靠牆有一盆被棄養的山蘇。

小陳的同字臉頂上毛髮疏稀，眼睛乾澀，那靈魂深處流浪漢的酸餿味撲鼻而來。

幾次以後，小陳抽著菸聊開來，右手大拇指與食指捏著菸，才啣啣兩口就將菸嘴咬扁，像是別人丟棄的菸屁股，略微結巴的說起那一長串挫敗的求偶史，「我問她們爲、爲什麼，但都、都講不出原因。」他不忍心告訴小陳眞相，女人挑配偶求生存的本能有如狗那般敏銳的嗅覺，怎麼可能不被你無恆產無恆心的氣味嚇走。

一鍋鹹稀飯那般污濁的空中，例行的每日早上出現直昇機，架數不一，攪剁聲製造逃難般的緊張氣氛，他數過最高紀錄是一隊七架，半點鐘內飛過四隊。

直覺告訴他一定有什麼大事正在發生。

他憶起很久以前剛開始拾荒生涯，蒐集過幾大捆花花綠綠廉價雜誌，某大姊愛情信箱、某夫人男女交誼站是主要賣點，小陳錯過了那個連垃圾資訊都一樣豐饒的時代啊。

沙塵暴停滯北城上空，日頭無光，他推著紙箱屍體來到大道十字路口，兩家大賣場對峙，各自以數十台電視合併成一大螢幕，再以雷射激光在路中映出流麗影像，色彩豔麗的光粒子隨著音波共振而隨機的潑濺噴灑，於整點報時出現了諸如座頭鯨噴水、海豚騰空翻身、阿卡波卡跳崖者、原子彈蕈狀雲、花開或康康舞的畫面，左右八線道的行車駛過光簾。也是從過期雜誌他得知，去年媽祖誕辰是日，出現了福篤篤一張黃金聖容，慈眉善目微掀一線，菱角嘴；不少人說日中時分見到顯靈，眼睛張開，清光透澈，見者全身暖熱，噗咚跪下。同期另一則內幕報導，某少女偶像原企劃以素顏全裸在光簾上呈現純潔的誘惑，擔心因褻瀆神明遂作罷。

他就是路經此處第一次聽到島修的消息。研議進行島修，通過島修法案，島修三個月後全面實行。

一如始終堅持不繳稅——事實是無稅可繳——亦不落籍、更不可能有塑膠貨幣，總之不在任何公權力與商業機制裡成為一筆資料與數據，他完全無意理解島修之事。

大道另一頭約十五分鐘的步程，閒置了一棟舊大樓，並不很久以前，他記得，有一面巨大咕咕鐘，整點報時，鐘面分裂數塊，杏黃、奶白、海藍、櫻桃紅、薰衣草紫，轉軸帶動隆起陷落，移形換位，簡單的手風琴樂聲中跳出芭蕾伶娜、白金漢宮御林軍、阿爾卑斯山農夫農婦、家兔野鴿與騾子玩偶。那是北城的古老的快樂時光，是他初老的年月，秋冬出太陽的午後，他在木製長椅上閒坐讓花白鬍渣長長並幹掉半打啤酒，與等候鐘響跳舞的人群和諧共處，無人給他嫌惡的眼光，穿著像小公主小王子的孩童對他微笑。報時音樂吐著夢幻的泡沫，那也是北城遍地金幣的日子，半天揀揀鋁罐酒瓶塑膠瓶報紙——那時保特瓶尚未被發現日曬過久會釋出微量毒素，便可供他三餐吃得飽飽。因此他拒絕再靠近那大樓，總是繞道而過，不願看見咕咕鐘朽爛掉漆像個骷髏頭。只是穿過沙塵暴的陽光特別蒼黃，照著樓叢峭壁形成眩光，銼傷他的眼睛與喉嚨。

無預警的颳大風且陰寒的那天下午，小陳沒有值班，加上前一晚沒睡好，恍神中讓高樓縫灌下的怪風吹得踉蹌幾步險些跌個狗吃屎，腹肚虛冷像結了一大塊冰，他暗叫不好以為厄運找上他了。絕大多數市民自閉室內躲避塵害，他眼淚直流的第一次了解到萬一喪失視力比死亡早幾步發生的可怕。

他在一張長椅坐下，看著稠密的沙塵飄浮，竟至拖曳著遠遠近近的景物那般，街對岸稀疏的行人如同鬼魂，極目處總共三條高架道路，圍著淡綠的吸音板；方才下腹的不適轉移到胃細細悠悠的灼痛了起來，然後他發現自己仰頭瞪著那昔日的巨大咕咕鐘。

近看才知道它殘破得多厲害，淋滿了鴿糞疙瘩，數年前在舊報紙上讀到這大樓被縱火的新聞，而今時針分針掉了，鐘面右上四分之一是個破洞。他眨眨眼，確定不是飛蚊症作祟，因爲他看見了洞中有一個歐吉桑年紀的人影，眼瞳有光，腳下踩斷了一截木柴，響聲驚出了幾隻灰鴿。

那人似乎朝他點了點頭，打招呼，隨即隱入黑暗中。

野鴿啪啪啪的拍翅，他準備妥了就這麼坐著，直到變成一尊化石。

又是白日又是黃昏的光線，水母膠質那般的在他身邊一公尺內游移，那才是最令他心碎的時候。

那女人他再也沒見過。一身蠟染棉衣裙，抱著一隻碧眼白腹黃貓，在溫熱的午後，黑管似的低音。她是這裡的親善大使，孩童尤其喜歡她。陽光普照，等著咕咕鐘整點秀的空檔，她用小魚餅乾逗貓人立、轉圈，自己咯咯的笑好大聲；貓癡肥，而且很老了，動作遲緩。兩人從一開始就偷偷的注意彼此。他判斷不出她的來歷，也找不出任何與他同行的蛛絲馬跡。那個漫長的秋天到次年的春天，乾旱，影子非常淡薄的一天，他抬頭，是她站在他前面。他覺得她似乎少了樣東西。她在長椅上坐下，說貓幾天前老死了，她送上山用一件藍染棉衫包著埋了；一個人，自由了，可以來跟他講講話。

「兩百年前我們是一對海盜兄弟。」她指的是貓。

她頗有興味的側著臉盯著他。然後努努嘴向一個正親著年輕爸爸的小女孩，「前一世，他們是很恩愛的夫妻。但做太太的虛榮了些，要這要那，所以欠丈夫多了些。」一個動作慢呑呑微駝的中年人，「他曾經是清朝的貝勒爺，就愛養養花玩玩骨董字畫。」一個打扮入時的女性上班族，她專注直視，「麻煩大囉。」

目光重掃回到他，她咯咯笑了。置身那大面積的日照裡，幾乎感觸得到光的粗顆粒。

傍晚起風，捲起小旋風盤旋上升，帶著紙片塑膠袋，跟著往上看，一城的燈陸續亮了。

那時候，已經沒有什麼大事可以發生了。

每隔一段時日，她會講起找她解密的人中特別有趣的一個。經過四季的輪迴，其間的昆蟲風霜雷雨大太陽，不可能有一片葉子是全新的。他們的今生是前世的複本，至少底子都有那恩怨情仇複寫的影子。好比那個獨身年輕女子，儘管一再搬遷，每晚過了十二點，聽見樓梯上來重重的腳步聲，進入年輕的睡眠裡作祟。她於是看見女子曾經怎樣玩弄腳步聲主人，貓捉老鼠的將他的心撕碎。

被憂慮的母親帶來的男孩有嚴重的偏頭痛，她穿過時間迷霧捕捉到一場空中飛人的特技表演，一失手，飛人一顆炸彈似的下墜，以頭著地。

春天他總是鬧牙疼，兩人聊起走江湖拔牙蟲的古老的失傳行業。

老貓女。

那個大停電的夜晚，兩人下午就碰面了，有預感的遲遲不捨得分開。她從百衲布手提袋取出酒釀餅分食，「一定有貓味。」暖熟的空氣像在發酵，膨脹的能量感染了他，咯咯的她笑了，以前慣常抱貓的手來摩擦著他的手臂，如同摩擦阿拉丁神燈。果然，一城的燈火推骨牌的一區塊一區塊的場陷。

人臉的瓷白於暗中浮現。其中水亮的是她通靈的眼睛。

確知不是短暫停電，一城騷躁了起來，人群出籠移至戶外，就地派對，點蠟燭，砸酒瓶，傳染開來，玩得起邪念的將酒瓶朝霓虹招牌扔，一片豁啦豁啦的碎裂聲。街上的車音響大開，引擎與音波和著酒味，又是狂歡又是暴動的前奏。燭光的照幅低低的只到人的膝蓋，大街成了一條黑泥溝壑。如果及時降下豪大雨，就會是一條土石流。

等他回頭找她，已不見了。突然他意識到老貓女摩擦他手臂的方式其實是給他一組數字密碼。後會有期，他從胸腔裡顫抖出一股暖流。

他在大咕咕鐘前的長椅上坐了很久，野鴿撲落，彷彿聽到了老貓女久違了的咯咯笑聲。

沙塵沉澱了兩天後，一餅月亮在那仍然鉛重的天空發霉。開始西落的時候，轉而清亮，月光如霜，迷濛中聽見雞啼，音階一節節上升，有氣壯山河之勢。他乾脆起來不睡了，揉揉臉，空氣寒脆。多年來早養成不擇地皆可睡的本能，但天亮前往往是最危險的時候，一如春末暴熱簡直逼人犯強姦罪的夜晚。

天才亮了五分，但他覺得大地窸窸窣窣的在震動。

稍後他來到光簾螢幕的路口，看見電視上重覆播著連結北城的道路、橋樑湧現了春節返鄉那般的車潮。

島修開始了。

市府前快速路橫亙十條平行大道的交會路口全部搭起舞台，所有大道一律封鎖，晚上六點起展開爲期三晝夜的島修祭。

他親眼目睹電視螢幕上的車蟻成了颱風後海港淤積的漂流物那般在街巷裡找停車

位，無數的彩色旗幟、造型汽球與一朵朵十公尺高的百合升起，在西南氣流裡浮盪，大面幅的旗幟啪啪響，百合花瓣的雪白得眩目。十個舞台上空各騰起一個巨大的時鐘汽球，時針秒針或液晶數碼確實走動。

下午三四點，烤肉香讓他餓極了，路邊就像那次大停電之夜擺起了矮桌几小椅子與火爐，吃喝了起來。開休旅車的，搬下瓦斯筒與裝箱的食材，辦桌。

沒有。其實沒有非得要狂歡過節的氣氛，反而是懶洋洋漠漠然的，人臉上繃著一張透明面膜那般。路上散步著晚上要登台的表演團體，也有歌仔戲班八家將宋江陣老揹少走旱船蚌殼精，拖著籐牌關刀齊眉棍雙鐧，腰間繫的桃紅紗巾飄飄然。

他有點思鄉起來。久遠的年代，他見過一次家鄉十年一次一的大造醮，一年前開始籌備，家戶造冊依男丁數籌款，當晚，繞大廟一圈的蜂炮將天空照成銀白，硝煙雲河整夜不散，廟前鐵絲網圍一圈燒銀紙燒成一座大火墳，穿八卦長袍的道士搖著銅鈴繞行噴酒。十幾公尺高的鞦韆架有如大鳥飛盪，歌仔戲班歌舞團布袋戲班拚場，互擲排炮，幾十台喇叭音量開到最大，好像武林高手比掌風，半空的竹筒火把給一激火焰暴騰。第二天什麼都消失了，小孩赤腳踩著厚厚一層炮屑尋寶撿錢。

因此，當那一排十個舞台的音響接力般的開啓，形成一道海嘯，將所有的旗幟汽球與百合震得一盪，探照燈繼而全亮，一城的光亮都集中在那半空熔煮著。

他衰老的眼睛經不起那樣的強光太久，決定離去，邊走邊回頭。煙火綻放時，他還是仰著脖子爲其所迷，那光與煙霧在空中造出熱帶海底的景觀，最後成了一隻隻碩大的水母向四方游散。

有人拍他的肩膀，是小陳，不穿制服更是個流浪漢，右手大拇指與食指捏著菸，說昨天遇著一個白髮黑眉毛的神祕客，虎卵大王，說他偷渡過封鎖海域，先在海口等了快十個小時，海面上到處浮著黃色的球標識著死亡輻射線，然後在前天深夜搭塑膠筏從三腳渡上岸，沿河罩著好大好濃的霧。「他說他快死了，想死前回來看一遍，問了許多莫名其妙的問題，我帶他來找你吧。」

這就是了，終於，他覺得頭殼裡有個機關被啓動了，彷彿是一台碎紙機，刀刃逆時針高速運轉，將他此生的每一日絞碎切成絲縷。

頭殼內那陣運轉的怪風吹著他後退，走到一座蒼灰大橋上，出海口颳來的風大得睜不開眼，河中沙洲有一片新綠的菜園，遠遠的那島修祭現場依然青白強光激射，上空破了個大洞那般。

除此之外，整個北城靜靜的無有一絲雜音，如同中蠱睡死。

夏天開始的風，薰薰然醉人。他揉揉眼睛，看見稍遠處背光有三個人影，小陳與一個老男人，還有，老貓女。

在間奏的房間II

「他旅行，他回來。他經歷了廢墟的暈眩，駝鈴的寂寞，帳下寒冷的醒悟，同情中斷了的辛辣。」

又一次，我一字字的抄寫福婁拜《情感教育》的這句子。

因爲，靜子，我回來了。

我在一家除了我沒有別的房客的旅館，窗外可以看見高架橋，天氣非常陰沉。然而我幻覺這旅館是在流沙之上，守櫃檯的歐吉桑是個眼睛濕爛的啞吧。白蟻在沙沙的蛀蝕，老鼠在天花板上跑著，我在被菸蒂燙出無數焦黑傷疤的桌上給妳寫信。

靜子。

我的皮夾一直保存那張妳少女的照片，茉莉花少女。我們搭火車去南城一遊那年，住我伯父家，喜好攝影的伯父捕捉到妳側身回頭的那一瞬間，桌上有一瓷碟我伯母盛水置以茉莉花。

南城的熱天夜晚，窗邊都是茉莉花香，我伯父家二樓有間榻榻米通鋪，是我堂兄弟姊妹幼時的房間，我睡那裡，可以望見妳在另一間客房。我現在又看見妳在那房裡，披覆著暖黃的光暈。

那是我知道最好的時代。南城那群有才情的友達，立下志願要去東洋、南洋，要去德國、法蘭西、俄羅國；瘦小的黃君，在打完網球的聚會時拿出南洋果樹的種苗，述說他的森林美夢。我們甚至計畫翻山過嶺去後山，在夏日大三角的夜晚出海去那小島採蘭花。

我心裡清楚，這一趟歸來我是再也找不到妳，但我必須回來。

我在海口等了十幾點鐘久，春夏的海面是一層又一層多疑的霧灰，溫暖與寒冷交雜的氣流折磨我手腳關節。船老大說我們得等潮流轉向將那些輻射性浮桶帶開，勉強讓出一條水路，才可以通過封鎖的海域。

不見海岸線，不見山稜線，也不見一隻海鳥，茫霧重得將海天壓縮成船艙高，但我以爲已經聞得到故鄉的味道，令我心底湧上一陣熱流，那是迴光返照的青春的餘溫吧。

終於，還沒看到接駁的膠筏，先聽到它噗噗的馬達聲。

進入河道後，馬達力量扭到最小，若在黏稠的果醬上划行，時而阻力大得使膠筏停滯。

時間因此拉長，讓我漸漸看清沿河岸遍布高壓電塔，缺氧的河水有氣無力的吮著河灘。

整條河若彌留狀態，嘔吐出膿血與組織液。

而籠罩在污濁大霧裡的北城，垂垂老矣的鋼鐵崗石巨獸那般，淌著鏽蝕的汁液。

棄膠筏登岸，我才前行數步，又回頭，船老大將膠筏一蹬快速沒入河霧中如一團鬼影。眼前半空是高架橋，空蕩無車，只有一顆大黃燈沿著橋欄杆巡弋。

大霧沒有散去的意思，因此喪失了時間感，霏霏的沾上身成了雨雪那般。眼睛與鼻子刺癢。

我手裡握著衛星導航器，按鈕開啓，幸好費了一番功夫從黑市買到全島交通街道軟體可以用，螢幕上的小光點指引我走上河堤往市區去。一切在霧中沉睡。

靜子，妳應該不知道，出發渡海前我蒐集到的情報，一份外洩的機密文件，島修實施辦法之一，全島人口分為兩組輪流以藥物控制進入一次為期半年的低溫熟眠狀態，那麼，妳可是蛹那般的在昏睡中嗎？我不禁為這個大眠計畫啞然失笑，那不正是那則童話的翻版？可我走在雜草蔓生的路上，確實一如在夢中。

霧的稠膠滅絕人息，之後，我察覺很遠的可能是某處山頂，大約每一點鐘放出無聲的青白電光，神經質抖著，高層建築的輪廓一下突現，接著類似高壓電流釋出，地為之嗡動。

河堤大道走盡，我看到那一排一丈高的面目毀損或頭胸殘破的雕塑，無法分辨是神像抑或藝術品，又因為霧氣纏繞，座底成了爛泥。

就在我盤桓觀察仰得項頸疼時，突然驚覺腳下來了一大群渾身油黑土狗，吐著粉紅色舌頭繞著我嗅聞。原來牠們是躲在塑像後。狗兒極馴良，我細究那呆滯眼神，斷定必然也是遭藥物控制。

靜子，妳想必還是不知，島修的前置作業之一，島狗聲帶一律割除，島貓一律結紮。

「我那人面獸心的愛人。」

我只能借用這一句話來表達我彼時的心情。

我帶著下半身的狗臊味睡了一覺，被這整棟旅館巨大實心的空洞給嚇醒，醒來一剎那，我覺得頭髮牙齒掉光，衰老不堪。

過去那麼長久的年月，我拒絕回來，但我沒有放過一則島城的消息。我處理鄉愁像將病菌置於培養皿。靜子，當我膝蓋的運動傷害惡化成爲類風濕關節炎的時候，我們就應該承認，生命中不會有更好的事發生。

放晴了，我去了幾個商圈漫遊，這個想必是妳知道而我漏失的一條資訊，所有店門口總有一尊類似生化人的機器，兼有搜尋、結帳、保全、監視的功能，眨著擬眞的大眼睛，隨機走動。

我爲之迷惑，因爲街上人群其實只是比那機器人多逼眞幾分罷了。我藉故攔了幾人問路，都當我是狗屎那般的嫌惡不理。

就在那時，有個熊也似的年輕人與我眼光接觸，那發熱昏沉的眼珠，大拇指與食指捏著菸的樣子，腋下一大片汗漬，酷似職業流浪漢。我們談了開來。他說、問得比我還多，很快的抱怨起來，顯露他求偶不遂的深沉焦慮。

我幾乎聞得到他兩腿間公狗那般的腥臊。

靜子，我想妳大概要偷笑，那年輕人是將我當成可以求助的智慧老人。但當我看著他咬扁菸嘴的抽菸方式，我想他或者才是能夠協助我找到妳的人。

我索性在路邊的長椅坐下，他跟著坐。我技巧的問他一些過去幾年發生的大事，譬如那支全島高山粥化的紀錄片或者海空封鎖大辯論，他淡漠的沒反應，頂多聳聳肩，我也判斷不出他究竟是知道與否。我幾度懷疑他是否高階的生化機器人？

我冒險掏出衛星導航器假裝把玩著，他見了，咬著縫裡有黑泥的指甲說，那東西嗝屁不能用了，因爲裡面的軟體全被下毒了。

早春天氣極不可靠，膝蓋才告訴我痠抽痛的訊息，太陽光便撤退，起風，寒磣而灰茫的。我錯覺肩膀上積了一層薄雪。

街上隆隆的緩緩的行駛著一部坦克似的車子，車頂突出碉堡狀，三百六十度旋轉。年輕流浪漢低低訏譙了一聲，「跟你的導航器說拜拜吧。」我隨即明白這就是反蒐偵察車，發出不同波長的輻射線癱瘓電子產品與汽機車；我記得報載此車全島有一千輛，我也記得那時另一則相關新聞，反蒐偵察車的發明者承認人體催眠機已臻完成階段。

「你很喜歡談以前的事，我可以介紹一個人給你。」

是個常到他工作處收紙箱的老頭。他話鋒一轉，說不久前才認識一夥玩車高手，分工合作寫甦醒程式與反蒐偵察車拚鬥，贏了，開了車跑兩三個鐘頭，常常是夜半，在大霧裡空盪盪的路上飛馳。他當然寫不來程式，負責把風，運氣好時有空缺可以擠上車。

上次讓他搭上車，環河快速道路接堤頂大道接高架橋高速公路，一程一程的爬高，加速，衝開牛奶般的霧氣，可惜馬力不夠強，否則他們準備飛車衝上那一座廢橋。下車才發現褲子濕了一大片。他說得意亂情迷。

我們約了明天見。

然後我跟蹤他彎彎繞繞走了一長段路，跟到一座老舊公園，種了許多茄苳與葉子細碎的黃連木，天黑了，樹影交纏吃掉天光，樹距間游移著黑蒼蒼人影，影片慢速格放那般的遲緩行動著，我背脊有些寒慄，懷疑他們或者也被割掉了聲帶？

酸餿味占據了我的鼻腔，我看到了公園邊是個廢棄物回收場，有一座報廢車體疊起的塔樓，旁邊是小山那般的舊書報。

靜子。

這就是我回歸之旅的第一天。

我看到流浪漢，我看到微笑的老婦與老貓，廣場的野鴿撲飛，咕嚕求食，我尋找妳而無所得，孤獨啃囓入心，讓我癲狂。

在這白蟻沙沙蛀蝕，老鼠在天花板上跑著的流沙旅館，我在被菸蒂燙出無數焦黑傷疤的桌上給妳寫信。我不知道時間走到了哪裡。

靜子，我在等著下一次的大霧解開這一切的謎團。

我祈求，妳必定是在某處等著。

信鴿

「那麼，到底還有什麼值得我們期待的？」

「……」

「總之，（我們認識的）每個人到最後都死了。」

「沒錯，都死了。包括我們看過的每一本書。這世界理當如此。」

「包括這家咖啡館。」

「嗯。不論我是在家，或是在咖啡館，我都是在往死亡的路上。」

「但我喜歡這裡那種陌生人相聚但無事可做無話可談的時候，那是我的歡樂時光啊。我夢想著人類夠幸運可以演化到不需要言語，言語是多麼低等而吵雜的溝通，而是以腦波、讀心術甚至光譜溝通，一如幽深海底兩艘潛艇擦身而過。怪病瘟疫登陸的那年那一個月，我們讓口罩遮住下半張臉，waiter反覆的用稀釋的漂白水擦拭桌椅地板，阿摩尼亞是那麼強烈的死亡氣味。我看著那空曠、無人的桌椅，形同等待死神。」

「經常，我放下書，看著在這空間隨機聚集的人們，戴著老花眼鏡看家書的歐吉桑，嘰哩呱啦講英文像切菜剁瓜的ABC，那種孩子揹著二三十公斤書包的小學生的教育媽媽，談生意愈講愈大聲毫不擔心被竊聽的業務員；我也見過自認爲是人性操縱者的保險員，把人生規劃、終身保障、風險的評分計點掛在嘴上，聽得我毛骨悚然；還有直覺告訴我是躁鬱症患者，非常乾燥的受苦著，分明看到他身上有如鱗片的皸裂脫落。」

「天色突然晦暗的時候，你看見她握著一把濕淋淋的傘，頭髮沾著水沫，一層層的衣服透著寒氣，你不由自主的會目光搜查她臉上脖子的胎記，你認定那是海豚在滿月大潮時化身人形的記號。」

「落地玻璃窗更是神奇的介質，外面世界的景物與天空濾掉了聲音來到你眼裡，屋內的燈光與活物靜物倒映其上，你必然要放下書庸人自擾的想，你與世界的關係是否就是一場模仿的模仿，拓本的拓本，幻影的幻影。」

「我要念一段來自蘇格拉底的角色的話，『你演唱荷馬的詩如此精工，並非因爲你有一種藝術，是因爲一種像磁石的神力或靈感在鼓動你。磁石不僅能吸引許多鐵環，而且能傳吸力給這些鐵環，使它們吸引其他鐵環，所以有時許多鐵環和鐵物質藉一塊磁石的力量，能掛在一起成爲一串長鍊子。』」

「爲了找出這一段對話，我又挨我老婆罵了。」

「你不記筆記的？」

「不記。做爲大師的信徒，我奉行他的做法，會記得自然就會留下，其他的，死狗放水流。」

「有一陣子不見。你去了哪裡？」

「不過隨便走走。太陽好大，強到令我擔心相機裡的底片有曝光之虞。來的時候，我走過光禿禿的陸橋，天上的白雲浩蕩，有膠彩的感覺。馬路上空蕩蕩。我繞著那老學校圍牆走了一圈，確定榕樹與白千層的總數還是二十七棵。太熱了，我一下子胸悶而臉漲紅像豬肝。其實，死在那麼熱烈的太陽下也是滿好的。

「臉與身體的一半燒灼著。灑酒祭過的土地發酵著。

「天地玄黃。

「去見一個老朋友最後一面。淋巴腺癌末期。做了氣切手術，頭髮剃光，冬天掉光葉子的枯樹那樣。又做了自體幹細胞培養移植，還是失敗了。倒數計日。外勞看護餵他吃米漿。眼睛暴成金魚眼。我靜靜的陪他一下午。這是一場少輸就是贏的賽局，我每多坐一分鐘，我與他就多贏一分鐘。何況我們曾有過最好的時光。

「插手河裡，意圖攔截水流。

「時間是有所謂的完成。

「我這樣的信仰著。就像聞到了今早巷口的桂花香。所以我決定了，從今以後，不放棄每一次的競賽，磨練我的技藝，直到最後一天。

「這一段，你看。」

「你相信有未來永生嗎？」

「不，不相信未來有永生，但相信此世有永生。世界上有某些片刻，你達到那些片刻，時間突然停止，它就變成永恆的了。」

「你希望能達到這樣一個片刻？」

「是。」

「在我們這個時代幾乎是很難的。在啓示錄中，天使發誓說不會再有時間的存在。」

「我知道。那非常正確，再明白不過。當所有的人都得到了幸福，就不再有時間存在，因爲不再需要時間了。」

「寫得多好。」

「不，不，先別講答案，我一定知道出處，讓我想想。」

「……，不要激動，我的朋友。」

「若有那麼一天，我最想看的是聶魯達回憶錄寫到的令他迷信般敬畏的虞美人花，花朵很大，白的像鴿子，紅的像鮮血，深紫的黑的像被人遺忘的寡婦。」

「不好意思，我最想看的是康德的鴿子，牠『在空氣中自由飛翔，感受到了空氣的阻力，遂想望若是在眞空中，牠的飛翔可以更輕快。』」

「嗯，『歷史的水平仍然是開放的，只要人不斷回憶，一直衝刺，世界勢必改變。』」

「這有待商榷。爲誰而改變?爲什麼要改變?」

「但是,是時候了,我們應該離開這裡了。」

「去哪裡?人幾乎都跑光了。」

「可我喜歡這樣因此而空曠許多的街道、公園、天空。」

「當年上岸、開埠的河港,聽我老婆說,幾天前開始,水面上漂著好多黃色塑膠桶,謠傳有人用望遠鏡看,桶子上似乎有個輻射性危險的標誌。我老婆先去看了,看出一頭白髮。她說等下午太陽黃了,感覺像一群鴨子,看不出是要出海或是入港,反光很刺眼。這些魔幻的塑膠桶,一個又一個,從河海交會處到外海,隨著海潮拉成一條寬帶的曲線。你也一定讀過蝴蝶群體遷徙渡海的故事,那麼多的梁山伯祝英台;或每年冬天從西伯利亞南下避寒、羽翼的油脂豐厚的候鳥群大軍,與海風氣流撕扯、拔河。或是海難的輪船遺精般的瀉放的原油污染。我老婆形容得很有意思,看久了,一隻隻浪潮裡搖滾的鴨,像扶乩的神覔,又像走旱船的扭擺,是有那麼點色情的意味呢。」

「唉,坦白從寬,我承認還沒寫完。」

「未完成喔?沒關係,看得懂你的意思。都圓滿了,我只會有個念頭,毀了它。」

「是尼采寫的,『當你研究深淵的時候,深淵也在研究你。』我討人厭掉個書袋,研究的英文原字是 look into，我每次想到這一句，固執的一字字的譯成『看、進去』，所以，『當你看進深淵裡去，深淵也看、進去你的內在。』光這一句，就是所有驚悚、恐怖、犯罪、偵探小說的元神、精髓。我讀了那麼多，從年輕到現在老了，有一天，什麼都不想看，心卻癢癢的指揮著手，也想寫一寫，好像牛胃反芻，於是寫出了這怪東西。是有個深淵遙控、驅策著我嗎？從外太空？無磁力的極地？或是彼佛國土？人心從來就不是生物性的一顆心臟而已，是個深淵，充滿逆時鐘向上盤旋的風暴力量，最後，我們終究是被風化了。」

「嗯，《梁祝》的銀心、四九，有過考據原名應該是人心、事久。」

「所以，不讀不寫的有福了。」

INK PUBLISHING 文學叢書 135

鏡花園

作　　者　林俊穎
總 編 輯　初安民
責任編輯　施淑清
美術編輯　許秋山
校　　對　施淑清　林俊穎

發 行 人　張書銘
出　　版　INK 印刻出版有限公司
台北縣中和市中正路 800 號 13 樓之 3
電話：02-22281626
傳真：02-22281598
e-mail:ink.book@msa.hinet.net
法律顧問　林春金律師

總 代 理　成陽出版股份有限公司
業務部／訂書電話：02-22256562　訂書傳真：02-22258783
訂書地址：台北縣中和市中正路 800 號 11 樓之 2
e-mail：rspubl@sudu.cc
網址：舒讀網 http://www.sudu.cc
物流部／電話：03-3589000　傳真：03-3581688
退書地址：桃園市春日路 1490 號
郵政劃撥　19000691 成陽出版股份有限公司
門市地址　106 台北市新生南路三段 96-4 號 1 樓
門市電話　02-23631407
印　　刷　海王印刷事業股份有限公司

出版日期　2006 年 11 月　初版
ISBN　978-986-7108-75-3
986-7108-75-2

定價　240 元

國家圖書館出版品預行編目資料

鏡花園／林俊穎 著.--初版,
--臺北縣中和市：INK 印刻,
2006〔民 95〕面；　公分（文學叢書；135）

ISBN 978-986-7108-75-3（平裝）

857.63　　95018709

INK INK INK INK INK INK I
K INK INK INK INK INK INK
INK INK INK INK INK INK I
K INK INK INK INK INK INK
INK INK INK INK INK INK I
K INK INK INK INK INK INK
INK INK INK INK INK INK I
K INK INK INK INK INK INK
INK INK INK INK INK INK I
K INK INK INK INK INK INK
INK INK INK INK INK INK I
K INK INK INK INK INK INK
INK INK INK INK INK INK I
K INK INK INK INK INK INK
INK INK INK INK INK INK I
K INK INK INK INK INK INK
INK INK INK INK INK INK I
K INK INK INK INK INK INK
INK INK INK INK INK INK I
K INK INK INK INK INK INK
INK INK INK INK INK INK I
K INK INK INK INK INK INK
INK INK INK INK INK INK I
K INK INK INK INK INK INK

INK INK INK INK INK INK
INK INK INK INK INK
INK INK INK INK INK INK
INK INK INK INK INK
INK INK INK INK INK INK
INK INK INK INK INK
INK INK INK INK INK INK
INK INK INK INK INK
INK INK INK INK INK INK
INK INK INK INK INK
INK INK INK INK INK INK
INK INK INK INK INK
INK INK INK INK INK INK
INK INK INK INK INK
INK INK INK INK INK INK
INK INK INK INK INK
INK INK INK INK INK INK
INK INK INK INK INK
INK INK INK INK INK INK
INK INK INK INK INK
INK INK INK INK INK INK
INK INK INK INK INK
INK INK INK INK INK INK
INK INK INK INK INK